ぎゅっとしててね？

小粋

カバーイラスト/蜂蜜ハニィ

学年でも目を引く小悪魔女子高生、土屋芙祐。
　恋とか愛とか数こなしてきたけど、何かイマイチ……ピンとこない。

　同じクラスの男子、坂木弥生。
　通称ヤヨは学年の王子様で、あたしの絶賛お気に入り。
「ヤヨちゃん、今夜は帰さないよ？」
　ふざけてそう言ったら、きっと「バーカ」って怒っちゃうはずだけど……あれ？
「……その冗談、マジにしてやろうか？」
　たまにヤヨはオオカミくん。

　そんな中、隣の棟のイケメン。
　甘くて優しい桜木慶太に迫られて……。
「俺、芙祐ちゃんのこと本気出してもいい？」

　小悪魔。
　色気。
　俺様。
　悪魔？

　乱され、愛され……いつの間にか……キミの虜。

contents

1章

恋散る4月	8
初めての経験	21
大雨の放課後	33
快晴の放課後	40
邪魔するサディスト	46
テスト期間とカフェデート	56
桜咲く	64
夏と海と恥じらいと	69
夏祭り	85

2章

やっぱりチャラい	92
花火	99
宿題消化とヤヨの家	109
秋到来	114
ライバル	122
あたしの価値観	127
放課後の彼女	138
2回目の経験	147
天然の悪魔	157
ケンカの理由	163
自分の気持ち	168

3章

文化祭	176

後夜祭	191
密室ピンチ	198
想いと嫉妬	212
お家デート	220
熱と子羊	230
熱と悪魔	237
あたしたちの価値観	242
Xmas	250
リベンジ	262
嘘つきの告白	270

4章

言い訳	288
彼女の計算	294
隠せなかった想い	309
断固たる決意	317
バレンタイン	327
１分遅れの誕生日	340
大嫌いな悪魔へ	349
桜の季節	355
桜散るころ	364
もう一度、ゼロに戻る	373
キミへのラブレター	388

あとがき	404

1章

恋散る4月

　愛されるのって好き。
　だから恋はずっとしていたい。
　恋愛依存症ってわけじゃないよ。
　別れとか、どってことないし。
　あたし、土屋芙祐。
　冬生まれだからフユ。高校2年生。
　今は春休み明けの桜満開な4月。
　桜って好き。かわいいから。
　洗面台で顔ばしゃばしゃ。
　化粧はちゃんとする。女の子の礼儀。
　眉毛(まゆげ)下げるのマイブーム。まつ毛くるん。リップはピンク。ほっぺもピンク。
　胸下まで下がる髪。モカブラウン。くるくるミックスで巻くの。常識。
　ピアスは右に2つ、左に3つね。これ、あたし的黄金比。
　グレーのタータンチェックのスカート。長さはちょうどよく短く。
　赤いリボンは置いていく。この赤は好きじゃない。
　黒いブレザーを羽織ったら、支度完了。
　校則は普通にキビシイよ。でも月1ペースでちゃんと怒られてる。
　生徒の義務だもんね。それはちゃんとする。

「いってきまぁす」
　チャリ通だけど、あたし、こぐの超遅いから。ほんとに。
　住宅街を抜けてトンネル越えて、川越えないで橋の上。
　やっと、学校の頭が見えてきた。
　──キーンコーン、カーンコーン。
　──アウト。
　でも、たぶん１限には間に合っちゃう。
　全部ケーサンどおり。
　うん、嘘。
　でも、たぶん間に合う。
　静かな校舎。階段上がって２階。
　数学の教材を運んでるツイてない人、発見。
　坂木弥生。同じクラスの男子。
　あだ名はヤヨ。
　そう呼ぶのは、たぶんあたしだけ。
　あたしが命名して１年。全然浸透しなかった。
　あたしも、まだまだだよね。

「おはよ。ヤヨ」
　背高い。見上げるとね、首痛い。
「芙祐も手伝え」
　命令口調で差し出された教材。
　教室へ運ぶの、あたしたちの仕事。
　ヤヨとあたしはいつも先生にパシられてるからね。
「よい、しょ」

一番軽いの持つね。だって女の子だもん。
「……。まぁいいけど」
　ヤヨは優しい。
　ヤヨ。
　学年のおじ様。うん、嘘。王子様。
　ふわふわ黒髪。奥二重のくせに大きな目。薄めの唇。八重歯。
　パーツは妥当な位置関係。
　全体的に妥当なイケメン。
　あたし的顔面偏差値は68。進学校レベル。
　結構イケメンなんだよ。

　──がらり。
　教室の扉を開けると愛しのハニーが待ってる。
　ヤヨのじゃなくて、あたしのハニー。
「芙祐、遅刻ダメだよ。このペースでホームルームを遅刻してたら、また夏休み登校だよ」
　今日もあたしの遅刻回数をメモしてくれる。
　藍。
　高校に入学した当初からの親友。
　藍は小柄な女の子。
　くりくり一重。黒目がち。色白で、超かわいい。
　黒髪ボブの藍。スプレーで脱色し始めて早１年たつけど変化なし。
　スカート丈はグレーゾーン。膝上７センチ。

リボンは指定のより目の錯覚程度、明るい赤。
　校則の厳しいこの学校で、怒られないギリギリのラインで抗(あらが)うのが藍。
　リスクマネジメントのプロ。尊敬してる。
「芙祐はあと２回古典の小テストサボったら補習だよ」
　こういうところ。尊敬してる。
「藍〜、昨日彼氏と別れちゃった」
「またぁー？」
　藍ちゃんげんなり。
　そうだよね。去年からこのやり取り５回目だよね。
　自粛するね。できればの話だけど。
「とにかく芙祐は、もっとちゃんとしたお付き合いをしないと」
「はぁーい」
「ほんとに芙祐は……」
　長い。長いよ、藍。お説教。
　あーあ、チャイム鳴っちゃった。
　１限は、数学。
「起立。礼」
　始まりの号令は、クラス委員の坂木弥生。
　ていうか、ヤヨ。黒髪、ふわふわ。
　クラスの男子の中で一番頭がイイから、自動的にクラス委員やらされてる。
　ツイてない人。
　１限数学、特徴のない先生。

先生の声は起伏がない。代わりに超音波とか出てる。
　だから寝ちゃう人はいっぱい。
「じゃあ次の問題、坂木弥生」
　ヤヨ。
　黒板にショートカットの計算式、つらつら書いちゃって。
　たぶん裏技の公式。
　数学マニア。ちょっとキモい。
「正解」
　ヤヨはお勉強がよくできる。
　つまんないな。今日も授業は淡々。
「残り時間は自習で」
　ざわざわ。
　教室、ハッピーな空気。
　あ、もう終了のチャイム。
「きりーつ。礼」
　終わりの号令かけるのあたし。
　クラスの女子で一番頭イイから、自動的にクラス委員やらされている。
　ツイてない人。

　放課後。
　ツイてないあたしたちクラス委員は、先生の雑用とかやらされちゃう。
　ついでにおまけ。
　あたしが遅刻の罰としてもらってきた雑用も、ツイてな

いヤヨの目の前へ。
　どすんとプレゼント。
「……かわいけりゃなんでも許されると思うなよ」
「あれ？　今あたしのことかわいいって言った？」
　すんごいちっさい声、聞こえたもんね。
　あたし、にんまり。
　そしたらヤヨが、はぁーって深いため息。
「ヤヨ、しあわせ逃ーげた」
　って言ったら、今、すぅ〜って吸ったでしょ、ヤヨ。
「今さら吸っても無駄無駄ぁー」
　３枚のプリントを重ねて揃えて、ホッチキス、パチリ。
「だから、四隅を揃えろって！」
「ほーんと細かいなぁ」
　ふんわり黒髪。お口はガミガミ。
　血液検査の結果とかは知らないけど。
　ヤヨはたぶんＡ型。しかもＡＡのＡ。
　ヤヨと過ごす放課後は、クラス委員の仕事をする時間。
　たいてい今日みたいに冊子作りとか。
　先生のパシリしてる。
「で、また別れたって？」
「あれ？　なんで知ってるの？」
「藍経由。去年からもう５人目か？」
「しーっ。お口チャック」
　人差し指と人差し指。ヤヨの口元バッテン。
「んん……っ！　離せ！」

ひひ。
　　怒った。ヤヨは怒るとすぐ赤くなるよね。
「今回もアドレスやらなんやら全削除か？」
　　パチン。
「もちろん。『過去の男を引きずってる女に、いい男は寄ってこない』ってパパが言ってた」
「それは名言だな」
　　パチン、パチン。
　　ホッチキスの針がなくなった。
　　冊子残り半分。
　　キーンコーンカーンコーン……。
　　ラッキー！　ナイスタイミング。
　　チャイムが鳴ったらおしまい。
　　2人とも、あと片づけだけは超早いからね。
　　残りぜーんぶ、ロッカーの上にどすんと積み上げる。
　　校舎を出て、自転車を押しながら正門までは一緒に帰る。
　　これ日課。
　　正門を出たら、あたしは右へ、ヤヨは左へ帰るんだ。
　　ヤヨに手を振ってから、自転車ごと、夕日にダイブ。
「ばいびー」
　　ひと昔前の挨拶(あいさつ)だけどマイブーム。
　　ヤヨは「ばいびー」してくれない。
　　無礼者。

　　桜はいつの間にか葉桜へ。

これはこれで、結構好きだよ。
　　４月も半ばに差しかかった。
　　一番好きな体育の授業。女子はバスケ。男子はバレー。
「昨日、洋介くんに駅で会ったよ」
　　藍の言葉で頭を巡る。
　　洋介……洋介。
　　あぁ……洋介！　ずっと前の元彼だ。
　　顔は今ちょっと思い出せないや、ごめん。
　　八の字ドリブルの手を止めて。
「藍、なんか喋ったの？」
「世間話ね。芙祐とヨリ戻したいみたいだよ？」
「浮気する人は無理。ぜーったい無理」
　　復縁とかありえない。
　　一度別れに至った理由が克服されるわけないもんね。
　　あたし、頭いいからね。そういうのわかってる。
　　……ていうか。
「別れた時点でみーんな無理！」
　　重たいバスケットボール。
　　思いっきり投げ飛ばしたら先生に怒られた。
「何、いきなりぶっ飛ばしてるんだよ」
　　遠くに飛ばしたボールは、ヤヨがキャッチしてくれてたみたい。
「ありがと、ヤヨ」
「真面目にやれよ。体育くらい」
「あたしもバレーしたいなぁ。混ざろうかな」

そう言うと、ヤヨと仲いい男子がにっこり。

　そして、あたしを手招き。仲間に入れてくれるって。

　「うれしー」って言ってみたけど冗談。

「やっぱいいや」

「つーか、混ざれるわけねえだろ。女が」

　そう言いながら自分の髪の毛を触るヤヨ。

　これヤヨのマイブームみたい。

　黒髪ふわふわ。

　んーっ。崩したい。

　背伸びして、ヤヨの頭ナデナデ。

　ワックスかな？　リンゴの匂(にお)い。

　ふわふわの髪の毛。

　あたしの手にかかればぺたんこなのだよ。

「んだよ、やめろ……！　触んな！」

　ふわふわくしゅくしゅ。

　ヤヨ、髪の毛直し中。

　もう元どおり。

　もしかして、マジシャン？

　ひひ、ヤヨが怒ってる。また真っ赤。

　ピーッてホイッスルが鳴った。女子集合だ。

「ヤヨばいびー」

　ボールを両手で抱きしめて、女子のコート側に１歩進んだら。

「……芙祐！」

　ぐいん。

ヤヨがあたしに駆け寄る。
　たちまちあたし、ヤヨの腕の中。
　硬い胸板。大きい体。
　……すごい、大発見。
　包まれ感、はなまる。ぴったりサイズ。
　大発見の最中。どんって、ボールが当たった。
　あたしじゃないよ。ヤヨの体に。
「……いって」
　胸から伝わるヤヨの声。
　ヤヨはパッて、あたしを離す。
「危ねぇよ、ノーコン！」
　ヤヨは男子のコートのほうに１歩踏み出す。
　あ、待って待って。
　ヤヨの腕をグイッと引っ張った。
「なんだよ？」
　あ……ヤヨ、顔が真っ赤。
　どうしたの。照れちゃった？
　あたし優しいから。ヤヨの赤面には触れないよ。
「ありがと。だからモテるんだよ、ヤヨは」
　あたし、にんまり。
　あとね、あとね。大発見だよ。
「ヤヨの体のサイズ、あたしにぴったり」
　腕を広げて、おいでーってしたら。
「……っ。バーカ」
　真っ赤なヤヨが男子のコートに行っちゃった。

落っこちたバスケットボール抱きしめて。
　ピーってホイッスル、3回目だね。
　先生がうるさいくらいに呼んでいるから、女子のところに集合。
「芙祐、今、弥生に抱きしめられてなかった？」
「なに言ってるの藍ちゃん。気のせいだよ」
「えー、抱きしめられてたじゃーん、ズルい！」
　なんてことを言うのは、藍じゃないよ。
　クラスのミーハー女子で、ヤヨのファン。
「きゃあきゃあ、カッコいい！」っていつも言う。
　カッコいい？
　どっちかっていうと……。ヤヨはかわいい。お利口なワンちゃん。
　ナデナデしたくなるよね。
　女子、基礎練再開。
「芙祐は、もしも弥生に告られたらどうするの？」
　藍ちゃん唐突な質問だね。
「……んー」
　ヤヨ？
　ヤヨ、かわいいし。
　顔面偏差値68だし。数学マニアだし。
「ううーん、アリではあるよね」
「アリかナシかではアリなんだね」
「うん」
「もー。そういう付き合い方、やめなよー」

「待って待って。付き合うとは言ってないし。もしもの話で怒らないで、藍ちゃん」
「好きじゃないのに誰とでも付き合うのはおかしいよ」
　藍は眉をしかめて。
　バスケットボール、ポンッとこちらへチェストパス。
　誰とでも付き合う？
　失礼しちゃう。
　でも藍だから許すよ。今日だけ特別ね。
　朝ごはん食べてきたから寛大なの。
　誤解しないでよね。
　アリかナシかでアリなら、誰でも付き合うってわけじゃないんだよ。
　４重くらいフィルター通して吟味(ぎんみ)してるもん、一応。
「そーれっ」
　バスケットボールでバレーをしたら、先生にボールを取り上げられた。
　残念。
「土屋は腹筋でもしてろ！」
　体育の先生って怖いよね。腹筋ね。
　はいはい、超得意。
　地べたに寝そべって。
　どんどん、ボールをつかれて床が揺れる。
　……気持ちぃ。
　おやすみ。

「芙祐、起きなって!!」
　マイハニー・藍が起こしてくれた。
　体育は終わってる模様。先生に見捨てられてやんの。
「ほんと、お前はどうしようもねえな」
　ヤヨが見おろして笑う。
「へへっ。3人で寝よー？」
「ダメ」
「無理」
　2人とも、超真面目。
　大好き。

初めての経験

　前彼と別れてから、だいたい３週間。
　……暇。
　スマホをいじること、かれこれ１時間。
　テレビつまんない。
　紅茶ゴクリ。
「彼氏欲しいかも」
　とか、ひとり言を言っちゃうくらい、末期だよね。
　たぶんね、人より寂しがり屋だと思うんだよね。
　うん。冗談。
　パパとママは、パパの出張がてらのお泊りデートだから。
　困ったよ。暇すぎる。
　暇つぶしは早めのお風呂に決定。
　シャンプーはスミレの香り。サロン専売品。
　いい匂い。好き。ていうか中毒。
　ちゃぽん。
　湯船は白色。桜の湯だよ。
　パパがいるといつもヒノキの湯だからね。
　スマホは防水仕様。
　コスメサイトをぐるぐる、ネットサーフィン。
　あ、このコテ。６ツ星。
　タップしようとしたら画面が切り替わった。
　着信中。

藍だ。
「はーい」
《芙祐、今なにしてる？》
「お風呂だよん」
《早いね。じゃあ無理かぁ……》
　　諦(あきら)めないで、藍ちゃん。
　　聞き出してみると藍のちっちゃい声。
《夜からその、……コン来れる？》
「ん？　なんて？　聞こえなかった」
《ご、合コン……》
「合コン？」
　　何それ。初めての経験。
　　藍が合コン？　珍しい。
《お願い！　幼なじみに頼まれてて……》
「チャラーい。絶対行く」
《ほんと？》
　　パァって、藍の声が明るくなった。
　　藍は幼なじみに片思い歴、年の数。
　　すごいでしょ。ピュアでしょ。
　　１回その彼、見てみたかったんだ。
「藍の幼なじみに会えるの楽しみ」
《うん。じゃあ、７時にシオン集合ね？》
　　やった。
　　シオンって、おいしー創作料理のお店。
　　あ。そうだ。

６ツ星のコテ。
　タップしようとしたら、また画面が切り替わった。
　着信中。
　ヤヨだった。
「はいー」
《なんか声響いてるけど、どこにいんだよ？》
「お風呂。テレビ電話しよっか」
《バ……ッ。バカかお前は。つーか、あの……。言うこと忘れたじゃねえか》
　ヤヨ動揺。
　冗談だよ。ヘンタイ。
　ヤヨ、ただいま言いたかったことを思い出し中。
　待っててあげようじゃない。
　ちゃぷん。お風呂のお湯をかき混ぜる。
　桜の香り。いい匂い。
《あー。思い出した。明日、貸したノート持ってきてほしいんだけど》
「りょうかい。もうテスト勉強始めるの？」
《誰かさんに負けるのもシャクだからな》
　その誰かさんは、一夜漬け派でほんとごめん。超ごめん。
「頑張りたまえ」
《うざ》
「あ、そうだ！　聞いて聞いて。今日ね、合コンデビューするんだ」
《は？》

「合コン！」
《お前、彼氏と別れたばっかだろ？》
「結構たったよ。応援しててね」
《……はいはい》
「じゃ、ばいびー」
　プツン。
　ヤヨ、がちゃ切り。
　ほら。ばいびーって言ってくれない。

　合コンっていうのは、すーっごく面倒くさいってことがわかったよ。
　相手は、うちの高校の英文科。
　棟が違うから初めて見た人ばっかり。
「芙祐ちゃん、なに飲む？」
「芙祐ちゃん、こいつの隣に座ってやってよ」
　大人になったら、セクハラなんかそこらじゅうではびこっている。
　まるでこんな感じ。
　これが社会の縮図、たぶん。
　かわすだけかわしたよ。超社会勉強。
「ごめんねーみんなチャラくて」
　って言う、あなたが一番チャラいよね。
　あたしの肩に乗った手を空間に置いて、藍ちゃんの隣へ。
「芙祐……なんかごめん」
「いいよ、でも藍ちゃんの幼なじみが一番まともだね」

「え……」
「狙わないよ。あたしそんなにイヤなヤツじゃないよ」
「ごめんごめん」
「お2人さん。何食べたい?」
　来たな、新たなチャラ男。
　料理を注文したあとも、あたしの隣に座るチャラ男。
　話は面白いんだけどね。
「そうだ、芙祐ちゃん。アドレス教えてよ」
「今度ね」
「ケチだなぁ。いいけどさー」
　チャラ男、香水の匂い。
　これ、アロンっていう香水の匂いだ。
　あたしも欲しかったやつ。
「ん?　どーした?」
　って、きゅうっと上がる口角。
　ゆるーい雰囲気。色素の薄い瞳。
　二重の目は大きくて、鼻筋も通っている。
　よく見たら、甘いフェイスに高身長。スタイル抜群。
　カーキのミリタリーシャツに白いVネックのインナー。
　黒いパンツはロールアップ。かわいい。
　私服も全然悪くない。
「ん?　どうかした?」
　って、それ営業スマイル?
　ちゃっっっらー。
　ジュースごくり飲み干してから、合コン女子メンバーの

うちの1人、リコのところへ。
　去年まで同じクラスで、今は隣のクラスのリコ。
　ピンクのワンピースに、白いハートのキルティングバッグを合わせて。
　握りしめているスマホはピンク。
　何もかも基本ピンク。
　ついでに、語尾伸ばす系女子。
「ちょっと芙祐ぅ〜！　慶太くんにせっかくアドレス聞かれたのに、交換しないの〜？」
「慶太くん？」
　どのチャラ男？
　アドレスって……あぁ、今さっきのあの人ね。
「学年一のイケメンだよぉ？　それも帰国子女で英語ペラペラ」
「そうなの？　リコ頑張れ」
「えー芙祐やる気なーい。せっかくの合コンなのに！」
「だってみんなチャラすぎ」
「えぇ〜、でも芙祐だってたいがいチャライじゃん」
「失礼なー」
　リコちゃんのほっぺ、プニーッとつねる。
　柔らかほっぺ。
「グラス空いてるけど、何か飲む？」
　慶太くん、合コン慣れしてると見た。
　あたしは、おいとま……。
　慶太くんとリコを2人きりにして移動したんだけど、別

の人が来ちゃった。もう喋り疲れたのに。
「芙祐ちゃん、隣いい？」
「……はい」
　あたし、落ちついた場所で２人きりで話すほうがいいな。
　紹介とか合コンは、もういいや。
　16歳だからね。９時半になればラストオーダー。
　今日だけは未成年でよかった。

　さっさと家に帰って、明日の準備。
　カバンの中身、丸ごと全部。スクールバッグに移し替え。
　あとはヤヨに借りた英語のノート、スクールバッグに忘れずに……。それから、お礼のチョコレート。
　これは絶対入れないとね。
　あたし、ヤヨと違って無礼者じゃないから。
　ヤヨの好きな抹茶味のチョコ。
　ノートの表紙の右上にチョコの包みをパチンと、ホッチキスで固定。
　よーし。おっけー。
　明日は遅刻しないようにしなきゃ。
　遅刻したら藍ちゃんに怒られるからね。
　怖い怖い。

　藍に遅刻するなって言われたから、今日はいつもより10分早く起きた。
　いつもより５分長く化粧をして。

いつもより５分早く家を出て。
　　　いつもより５分時間をかけて登校したのかな？
　　　学校の頭が橋の上から見えるんだけど。
　　　キーンコーンカーンコーン……。
　　　ホームルーム始まったよね。
　　　１限始まる３分前。
　　　へへーん、間に合った。
「はろー」
　　　教室入ってすぐ、ヤヨのとこ。
「何が『はろー』だよ。遅刻魔」
　　　んー。なんか。ヤヨ不機嫌じゃない？
「はいこれ。ありがとう」
　　　英語のノートをヤヨに返却。
「なに人のノートにホッチキス留めてんだよ」
「お礼だよん」
　　　にひって笑うと、はぁってため息が返ってきた。
　　　でもすぐに抹茶チョコもぎ取って、もぐもぐヤヨちゃん。
「うま」
　　　ヤヨの口角、上がる。
　　　ヤヨの機嫌すーぐ戻った。
　　　うん。これでこそ、お利口なワンちゃん。
　　　あたしにもニコニコが移っちゃったじゃんね。
　　　１限、英語。
　　　間に合ってよかった。

英語が終わったら、藍ちゃんから遅刻のお説教。
　うん。わかった。わかったわかった。
　明日から本気を出すね。たぶん。
「クラス委員！　先生がこれ職員室まで運べって」
　助け舟。ナイス、山田。
　ヤヨの手を引っ張って、40人分の貸し出し資料抱えて。
　いざ、逃げる。藍から。
　でも。でもでも。ヤヨまで不機嫌。
「ちっ。重い」
　いつも重くても文句を言わないお利口なワンちゃんが。
　進化したのか、狂犬に。
「どーしたのヤヨちゃん？」
「別に」
　廊下、とぼとぼ。
　ヤヨは無言。
　あたし優しいからね。空気を読んで黙っとくね。
　空気読みすぎて、あたしまで空気になりかけてるっていうのに。
「弥生ー」
「弥生おはよー」
　廊下で女の子たちがヤヨにお声がけ。
　さすが学年の王子様。
　あれ？　そういえば。
　リコは昨日、慶太くんが一番人気って言ってたっけ。
　ヤヨとどっちが人気なんだろう？

アンケート取りたいね。
　　あいにく暇じゃないからしないけど。
「弥生くん、放課後に数学教えてくれない？」
「弥生ー！　おはよぉ！」
　　どれもこれもみーんな無視しちゃうくらい。
　　今のヤヨはご機嫌斜めの狂犬だから。
　　待っててあげてね、子猫ちゃんたち。
　　空気は黙って隣を歩くね。
　　あーあ。失敗。
　　抹茶チョコ、もう１個持ってくるんだった。

　　職員室まで行って、折り返し。
　　そしたらヤヨがようやく一言ぽつり。
「昨日、楽しかったみたいだな」
「昨日……？　あぁ、合コン？」
「これ。ノートに挟まってた」
「んー？」
　　白い紙きれ。
　　なになに？
【メールして＊＊＊＠＊＊けーた】
「なにこれ」
　　いつの間に？　勝手にあたしのカバンに入れたの？
　　チャラい人って怖い。
「その紙。大事ならしまっとけよ」
　　えー。いらない。

でも、ここ廊下。
　ゴミ箱ないし。ひとまずポッケにイン。
　地球はゴミ箱じゃないからね。
「ヤヨは合コン行ったことある？」
「ねえよ。よくバイト先に来るけどな。芙祐みたいなバカな女子高生とか」
「生意気言うお口はこれかぁーっ」
　両ほっぺつまんで、びよーん。
　間抜けなワンちゃん。
　へへ。
「かーわいっ」
「……っ。離せ！　バァカ！」
「早く行くぞ」って、あたしの手を取り押さえて。
　ヤヨ、怒ってる。まっかっか。
　うん。もう。いつもどおりだよね。
　って思ったのに。
　教室ついた途端、狂犬モード。
　あたしのポケットから白い紙を引っこ抜いた。
　びりびり。白い紙が粉々に。
「ムカつくからしばらくひとり身でいろ」
　破いて、ゴミ箱にポイ。
　いきなり。どーしたのヤヨ。
　……あ。
「もしかして妬いてるの？」
「んなわけねえだろ」

「付き合っちゃおうか……あたしたち」
　再放送のドラマのセリフ、そのまんま。
「断る」
　ガーーーン。
　振られちゃった。初体験。
「ヤヨひどーい。でも王子様はみんなの王子様だもんね」
　意識高いぞ、えらいえらい。
　敬意を込めて頭ナデナデ。
「機嫌直して？」
「触んな……っ！」
　あたしの手をバシンて振り払う。
　また怒った。顔真っ赤。
　でも、今度こそ。いつもどおりだよね。
　なんとなくさっきよりオーラ、怖くないもん。
　やぁーっと。狂犬さん、ばいびー。

大雨の放課後

　5月の頭。
　教室の4月の掲示物、ぜーんぶ剥がすの。
　あたしとヤヨの仕事。
　最後の掲示物を剥がして掲示板はスッキリ。
　ぐーっと伸びをしたあと。
　突然、窓を叩く音。
「あ。雨」
「うわ、ほんとだ。芙祐、傘あるか？」
「ないよー」
「俺も」
　2人でボーッと見つめる窓の外。
　スコールだよね。
　……チラリ。
　お隣には数学マニアな、お利口なワンちゃん。
「ヤヨちゃん、ヤヨちゃん」
　ヤヨのカーデの袖口を、つんつんと引っ張った。
「なんだよ？」
　ヤヨはピンッて、あたしの指先を跳ね返す。
「雨がやむまで今日の数学の課題しよ？」
「そうしようか」
　窓の外は雨ザーザー。
　机と机をくっつけて……。

ヤヨのペンはガリガリ進む。あたしのペンは、くるりくるりと回ってる。
　ヤヨ、計算すごいから。
　フラッシュ暗算とかできちゃうから。
　あたしは計算遅いけどね。暗記は得意なの。

　ヤヨが全部解き終わったころ、やーっと公式覚えたよ。
　あとはヤヨの答えを写すだけだよね。
「……セコ」
　って言うくせに、写しやすいようにノートをあたしのほうに傾けてくれる。
　ヤヨはすぐ敵に塩を送るんだもん。とってもいい子。
「ヤヨと一緒のクラス委員でよかったぁ」
「あっそ」
　あ、違う違う。
　〝使えるヤツ〟とか、そういう意味じゃないよ。
「ヤヨと仲良くなれてよかったって意味だよ？」
　って、首かしげてニヤリ。
　ヤヨは目をそらして、お茶ごくごく。照れた模様。
　ヤヨは褒めると照れるけど、人は褒められると伸びるんだよ。
「……つーか全然雨やまねえな」
「さっきより弱まったかなぁ？」
　窓に両手ぺたりとくっつけて。
　見えるのは薄暗い灰空。厚い雲。

しばらくやみそうにないよね。
　　ヴー……ヴー……。
　　ヤヨとあたし、同時に机の上のスマホを確認。
　　鳴ってるの、あたしのだ。
　　ディスプレイには【080-****-****】。
「知らない番号だー。もしもーし？」
「……出んのかよ」
　　ってヤヨがぽつり。
　　電話の先の声。
《芙祐ちゃん？　いきなりごめん、リコちゃんから番号聞いたんだ》
「リコに……？　あっ。もしかして」
　　リコって聞いて思い出すのは、この前の合コン。
《慶太だけど。覚えてる？》
　　ビンゴ。英文科のチャラ男。
　　リコちゃん、あとで藍ちゃんからのお説教だよ。
　　個人情報っていうのは、万国共通で大切なものなんだよ。
《あー！　待って待って！　切らないで！》
　　切ろうとしたら、割れた音。叫んでる。
「もー。なにー？」
《芙祐ちゃん、俺のことチャラいチャラいで、なんにも話を聞いてなかったでしょ？》
「そんなことないよー」
《どーだか。俺としては芙祐ちゃんともっと話したくて》
「強引だね」

《男はそのほうがいいと思うけど》
「うーん。まぁ、そうだよね」
《芙祐ちゃんは合コンって場がイヤだったみたいってリコちゃん言ってたけどさ。別に付き合おうとか言ってんじゃなくて、友達んなろーよ》
　友達って『友達んなろーよ』って言ってなるもんじゃないけどね、なんて屁理屈は言わないけど。
　なーんか胡散くさい。
「わかったよ。よろしくね」
《ありがと。今、何してんの？》
「あまやどり」
　顔を上げてヤヨを見ると、退屈そうに窓の外を見つめている。
《雨宿り？　外で？》
「ううん、教室で」
《傘持ってるけど、入れてこうか？》
「いいよ。大丈夫。宿題やってるんだ」
《へぇー、んじゃ今から行くわ》
　がちゃり、切られた。
「……今から？」
「どーした？」
「なんか友達が今から来るらしい」
「へぇ。それもう写したか？」
「うん。ありがとヤヨちゃん」
　写し終えた数学のノートは、ヤヨに返却。

時計の針はもう6時。
「雨、余計すげえことになってきたな」
「帰れないよね。ヤヨちゃん、今晩はどこに泊まろっか？」
　両手で頬杖ついて、ヤヨをじろり。
「バカか」
　あはは。呆れられた。

　がらっと開いた教室の扉。
「芙祐ちゃーん」
　ビニール傘2本持って、手を振っているのは慶太くん。
「誰？」
　ってヤヨが耳打ち。
　誰って、言われても……。
「うーんと、友達？」
「なんだ、芙祐ちゃん2人でいたんだねー。芙祐ちゃんと彼の家は近いの？」
「校門出たら真逆なんだよー」
「そうなんだ。じゃあ、はい」
　って2本、傘を差し出された。
「え？」
「ちょうど2本あるから」
「ありがとう」
　って受け取ってから気づいたけど。
「慶太くんの分はあるの？」
「俺んち学校からすぐだから。大丈夫」

他人の自己犠牲を見て見ぬふりなんて。
　パパもママもそんなふうに育ててないよ、あたしのこと。
「ヤヨ、その傘使って。あたし慶太くん送ってから帰るね」
「……。わかった。じゃあ、どうも」
　ヤヨの家はあたしの家とは逆方向。
　学校を出て、徒歩圏内のヤヨはすたすた帰っていく。
　あたしは置きチャリ。
　ポンッと傘を開いた。この傘、意外と大きめだ。
　入って、って慶太くんのほうに傘を差し出したら。
　優しく傘を奪われた。
「芙祐ちゃん傘入れてる？」
「うん。ありがと」
「送ってくから」
「あたしの家、遠いよ」
「ふーん。たまにはいいね、遠回り」
　明るい茶髪の下、にこって笑う優しい目。
　ぴちぴち、ちゃぷちゃぷ。
　弾むのは雨の音。
　今日も慶太くんからはアロンの匂い。
　いい匂い……。
「芙祐ちゃん、いい匂いするね」
　タイムリー。
　同じこと思ってたよ。つい見上げちゃった。
「ん？　どーした？」
「ううん。慶太くんこそ、それアロンでしょ？」

「よく知ってんね」
「香水好きだから」
「芙祐ちゃんのは、どっちかっていうと」
　ふわっとアロンが近づいた。
「花……？　シャンプーの匂い？」
　っていうか、近いから。
　不覚にもドキッとしたかも。
　さすが噂(うわさ)の慶太くん。

快晴の放課後

【弥生side】
　放課後はクラス委員の仕事。
　担任は、自分の仕事を日々俺たちに押しつける。
　今日は何も言われなかったから、早く帰れるんだと思ってた。
　段ボールを両手で抱いている、こいつを見るまでは。
　大きな段ボールで目の前を隠されたまま。
「だーれだ」
　芙祐の、くぐもった声。
「持つから」
　ひょいっと持ち上げてやると、ご機嫌顔。
「ありがとヤヨ。今日のパシリはこれだけだって」
「ふうん。いつもより少ないな」
　じゃあ本当に早く帰れるのか。
　この前みたいに雨とか降ってくれても別にいいけど、どうよ。天気。
　俺が見上げる限り、今日は快晴。
「この傘、慶太くんに返すやつ？」
「あーそう。休み時間に英文科のクラスに行ったけど、誰もいなかったんだよな」
「英文科って今、お勉強合宿だからね。ついでにあたしが返しとくよ」

「なんのついで？」
「今度遊ぼっかって話になってるから」
「ふうん」
　不機嫌な俺。上機嫌な芙祐。
　書類をとんとんと揃える小さな手。指先のピンクの爪が目立つ。
　あいつの薬指に指輪がついては外れるのを、ずっと見てきた。
「次くらいよく考えてから付き合えよ」
「失礼だなぁ」
　どちらかと言えば少しつり目。人より大きな目。
　長いまつ毛を伏せて、ぷるんと潤ったピンクの唇。
　口角が、きゅっと上がる。
「いつもちゃーんと考えてるよ」
　とんとん。四隅が揃っていないまま、パチン。
　芙祐の作った資料は雑だ。どっちが作ったかすぐにわかるくらい。
　クラスの男子は基本的に雑な資料を選ぶ。
　バカばっかりだ。
「ちゃんと揃えろ」
「口うるさい猫ちゃんめ！」
　ぐしゃぐしゃ、っと俺の髪を乱す。
「やめろ」
　毎日毎日。猫とか、犬とか。俺をなんだと思ってんだよ。
　透き通る肌。くっきりとした二重。

口角の上がったぷっくりとした唇。無邪気な笑顔。
　全部目の前。
　俺は赤面を隠して空を見上げる。快晴。
　あーあ、芙祐は……。
「……芙祐は、あいつのことどう思ってんだよ？」
「慶太くん？　うーん、まだわかんない」
　芙祐が短期間で男の名前を覚える。
　そういう場合、その人は芙祐にとって、アリかナシかで「アリ」らしい。藍が言ってた。
　……もし付き合ったとしても。
　どうせ、別れた日には笑顔で「ばいばーい」だろ？
　アドレスも何もかも、なんのためらいもなく消すんだ。こいつは。
　血も涙もない男らしい別れ方だ。
　俺が知ってる限り、本気で好きになった元彼が１人もいない。
　本人いわく、いつも本気だそうだけど。
　冗談もたいがいにしろ。
「どうしたのヤヨちゃん」
　覗き込むな。冷血女。
　慶太っていうヤツは、友達に聞いたら英文科のチャラ男っていう話。
　女をとっかえひっかえだとか。
　基本５股はかけているとか。
　とにかく女遊びが激しいらしい。

「どーしたのヤヨ？」
「……別に」
　また震える芙祐のスマホ。
　　……俺が心配しても仕方ないことだけど。
「変なヤヨ」
　ホッチキスを留めてるその手元、見てないだろこいつ。
　ずれすぎ。雑だ、いい加減にしろ。
「ヤヨ、数学のテスト勉強してから帰らない？」
「珍しいな、こんなに早くからするのか？」
「うん。たぶんだけど、数学のテストの前日に慶太くんと遊ぶから」
「……あっそ」
　あ・き・れ・た。
　お前なんかあいつに騙されて、地獄を見ればいい。
　あんな男のどこがいいんだ、バカ女。
　雑用が終わって数学のテキストを開く。
　文系脳で暗記派な芙祐は、数学の公式をついに歌にして覚え始めた。
　陽気でかわいい声で「覚えた～」って笑う。
　そうかよ。よかったな。
「慶太くんって帰国子女なんだって。英語ぺらぺら」
「ふうん」
　どうでもいい。
　あんなヤツ、芙祐が好き……に、なったとしても。
　どうせ半年と持たない。それどころか向こうに遊ばれて

終わるに違いないのに。
　イライラする。ムカつく……。
　サラサラの茶色い髪をかき分けて、デコをはじいた。
「いてっ。どうしたのヤヨちゃん。また狂犬？」
　ニヤリと笑った芙祐は、俺の髪を両手でぐしゃぐしゃ。
「あはは。ヤヨ、ぺたんこダサーイ」
　……人の気も知らないで、こいつ……。
　俺が戦意すら失った時。
　芙祐がおもむろに取り出したのは抹茶チョコ。
「はい、あーん」
　って差し出すチョコを手で受け取って、逆に芙祐の口の中に突っ込んだ。
　抹茶チョコは、芙祐の大好物。
　芙祐に合わせて抹茶チョコが好きと言ってしまった入学式の俺のこと、芙祐は覚えてるらしい。
「せっかくヤヨにあげようとしたのに。ラスイチだったんだよー？」
「いいから解け」
　しきりに震える芙祐のスマホ。
　ディスプレイには【慶太くん】。
　メールばっかりしてるから進まないんだよ、バーカ。
「英文科って、今行ってる勉強合宿から帰ってくるの来週なんだって。がりべんだぁ」
「大変だな」
「ヤヨはなんで理数科に行かなかったの？」

「高校って言ったら普通科かなぁと思って」
「何それ、変なの」
　あはは、と笑いながら、
「でもヤヨが普通科でよかったー。毎日楽しいもん」
　って、素直でストレート。
　みんなは、それを陰で『小悪魔っぽくてかわいい』って言うけど、誰にでもそうだから。
　悪魔決定。

邪魔するサディスト

　ヤヨが最近うるさい。
　『ちゃんと好きになってから付き合え』とか。
　『よく考えて行動しろ』とか。
　……そういうの聞き飽きた。
　もちろん、藍ちゃんのせいね。
「ヤヨ、パパみたい」
　資料を抱えて隣を歩くヤヨは、あたしのほうをチラ見して、げんなり。
「あたしだってちゃんと好きになってから付き合ってるよ」
　そう言ったら鼻で笑われた。
　ふーんだ。
　でも本当だもん。
　付き合う直前とか、かわいいなー付き合ってみたいなーって思うもん人並みに。
　ヤヨの、バカちん。
「……勝手に拗ねんな」
「やだ」
　ヤヨがあたしに伸ばした手、ペイッてお返し。
「……悪かったって」
　反省が足りないからダメ。
　ぷいって顔そむけてみるね。
「すんませんでした」

さっきよりかわいくないからダメ。
　反対側に、ぷいっ。
「ごめん。言いすぎた」
　ヤヨ反省中。
　ごめんごめん、意地悪しすぎた。
「わかればいいんだよ」
　って笑ったら、
「……。はいはい」
　って、ヤヨもつられ笑い。
「じゃあ、ヤヨにとって好きってなんなの？」
「藍にでも聞け」
「えー。恋したことないんだ。かわいそう……」
「お前にだけは言われたくない」
　ヤヨがあたしにデコピン。
　なんてことするのかな。

　教室についたら資料を教卓に置いて。まっすぐ藍ちゃんの席へ。
　藍に聞いたらね。
　恋って〝どぎまぎさせられること〟なんだって。ドキドキより上だって。
　ドキドキはわかるけど、それ以上って、うーん。
　それって心臓に悪くない？
　あいにく長生きしたいんだ。
「ほんとに振り回される。メール1通でも」

藍ちゃん、物憂い気にそう言う。
そんなふうに好きなのね、あの英文科の幼なじみのこと。
うんうん、でもわかるよ。
SNSの既読で揉めるとか、よく聞くもんね。
なんだけど。
そういう現代社会に揉まれたくないよ、あたし。
やっぱりあたしのしてきた恋のほうが楽しそう。
うん、絶対そう。
だってあたしの人生は、だーれにも左右されないもん。

放課後の教室。
勉強してる人でいっぱい。
明日は数学のテストなの。
たまに友達が、数学教えてってあたしの席に来てくれる。
ヤヨより人気。
あたしの教え方、丁寧だからね。
「やーっとわかった！　やっぱ芙祐すごいわ！」
「へへー」
「今日まだ残る？」
「ううん、もうすぐ帰るよ。残りはヤヨ先生がいるよ」
「えー芙祐いてよー。ピンチだよ！」
「ごめんなさい」
「裏切り者ー！」
　っていうかヤヨは、数学ができすぎちゃうから教えるの
ヘタなんだよね。

みーんな集中モード。
　あたしは自分の席で静かに化粧。
　まつ毛命。これ絶対。
　今日は、勉強合宿明けの慶太くんと遊び行こうって約束だから。
　アイライン引き直してたら目の前に人影がさした。
「ヤヨ。どーしたの？」
「テスト大丈夫なのかよ」
「大丈夫。昨日も勉強したんだよ」
「そこまでするほど、あいつと遊びたいわけか」
　ヤヨは呆れてため息をつくけど。
「傘を返すのと、そのお礼だよ」
　お礼は、近所のカフェの新作スイーツを一緒に食べようって言われたんだもん。
「……傘なんか借りるんじゃなかった」
　ヤヨ、ひとり言？
　そのまま席に戻っちゃった。
　変な人。
　そうこうしてたら、もう時間。
　玄関で慶太くんが待っててくれるらしいから。
　スクールバッグに化粧ポーチを入れて、一番前の席の藍に小声で「ばいびー」。
「芙祐ばいばい。気をつけてね」
　って藍ちゃん優しいんだから。
「ありがとー。いってきます」

藍、頑張ってるから机の端っこに飴ちゃん置いとくね。
　ヤヨにもばいびーしたのに。
　勉強に夢中なの？　フルシカト。
　挨拶を無視するほど数学が好きなんて、数学マニアは怖いよね。

　階段を下りて。
　今日はいい天気。
　玄関に差し込む西日もそれなりに良好。
「芙祐！」
　ローファーを履いてたら、後ろからヤヨの声。
　数学から脱したんだね。
「どうしたの？」
「傘を借りたの俺だから。俺もお礼言いに行く」
　ヤヨが変に律儀。
　まぁいっか。
　慶太くんのところへ行ってみれば、今日もにっこり営業スマイル？
　だから営業スマイル返し。
「芙祐ちゃん久しぶり。それに、ヤヨくんだよね？」
「弥生だから。傘、ありがとう」
　そう言ってあたしの手から傘を奪ったと思えば、ヤヨがズイッて慶太くんに返した。
「……。どういたしまして。芙祐ちゃん西門から行こうか」
「うん」

慶太くんのほうへ行こうとしたら、ヤヨに腕を掴まれた。
「どしたのヤヨ？」
　ヤヨはぎろりって、慶太くんにガン飛ばしてる真っ最中。
　対する慶太くん、営業スマイル続行中。
「ヤヨ？」
　あたしのほう全然見ない。
　ていうか、またシカトしてる、絶対。
「芙祐にかまうのやめてくれねえ？」
「「え？」」
　って、慶太くんとあたし、声がハモッちゃったよ。
　気が合うね。ってそうじゃないけど。
「かまうっていうか、その辺に行くだけだよ？」
「だから……。つーか明日こいつテストだし」
「でも芙祐ちゃんテストは余裕だって言ってたけど。ねぇ？」
「……物わかり悪いな」
　ヤヨがあたしの腕をグイッて引っ張るから、ヤヨより後ろに立ち位置を下げられた。
「こいつ、俺のだから」
　って、え!?
　……ヤヨがおかしい。
　数学のしすぎで、ついにどうかしちゃったのかな。
　あたしが口を出そうとしても「お前は黙ってろ」って、狂犬なんだもん。
「でもさぁ。芙祐ちゃんはヤヨくんと付き合ってないって

言ってたよね?」
「弥生だって言ってんだろ。いいから手ぇ出すな」
　ヤヨに引っ張られて、玄関に引き戻された。

　歩く廊下、2人ぼっち。
「ちょっとヤヨ、どうしたの?」
「別に」
「あたしってヤヨのものなの?」
「……」
「なんで邪魔するの?」
「……」
「あたしのこと好きなの?」
「……好きじゃねえよ」
　うん、知ってる。
　何度もこのやり取りしてるもんね。
　ヤヨ、ずーっとダンマリ。
　なんなの、ヤヨちゃん?
　あたしは、ただついていくだけ。
　ヤヨがダンマリしてる中。
　階段を上がったら、ヤヨファンに捕まった。
「ヤヨー数学教えて!」
　って叫ぶのは別のクラスの女の子。
　あたし以外にヤヨって呼ぶ人、発見。
「弥生だって。いい加減、覚えろよ」
「覚えてるよ。坂木弥生って!」

「じゃあなおさら。ヤヨとか……きしょいから。悪いけど数学は誰かに聞いといて」
　さらりとかわしちゃう。
　ヤヨ最低。
　子猫ちゃんが、しゅんとしちゃったじゃん。
「ヤヨさぁー、機嫌悪いからって人に当たるのダメだよ」
「誰が悪くさせてんだよ？」
　……。
　え？
「あたしなんかした？」
「……お前見てるとイライラする」
　そういうのをね、理不尽って言うんだよ。
「じゃあ見なきゃいいじゃん。ヤヨのバカ。キモいあだ名つけてごめんね」
　ヤヨの手、ぱしんと払ってやったよ。
　もう知らない。
　勝手にすればいいんだよ。ヤヨなんか。
　足を前に１歩踏み出したら、不機嫌なヤヨに空き教室に連行された。
「なに？　あたしも２つくらいヤヨに怒ってるよ。慶太くんのことと、あだ名のこと」
「……つーか。下心丸見えのヤツについていくそのポンコツな脳みそ、なんとかなんねえの？」
「おせっかい。あたしのこと好きでもないくせに」
　好きならまだわかるよ。

おせっかいしたり邪魔したりする意味とか。
　でもそうじゃないじゃん。
　友達だからって、藍でもあんなことしないよ。
「好きじゃねえよ。お前見てるとムカつきすぎて……」
　気がつけば至近距離。
　とっさに目をそらしちゃうような距離。
「……めちゃくちゃにしたくなる。マジで」
　あたしは1歩後ずさり。後ろは壁。
　今ね、王手かけられたとこ。
「ヤヨどうしたの」
　わかった。
　あたしのこと嫌いなのはわかった。
　今日のヤヨは狂犬をはるかに超えて、サディスティック。
「「……」」
　両者沈黙。
　睨（にら）みすぎだよ。
　生唾（なまつば）を、ごくりと飲み込んだ。
　うん、降参。
　両手を上に挙げてみる。
「き。嫌いなのはわかったから。刺さないで？」
「……刺さねえよ。バカじゃねえの？」
　そう言ってパッとあたしから離れるとドアのほうへと進んでいく。続けて、
「……別に嫌いでもないけど」
　囁（ささや）くように言った。

「好きでも嫌いでも……ってことは、ふつー?」
　ヤヨは足を止めて、一瞬あたしを視界に入れて。
　また前を向き直した。
「普通ってわけでもないんじゃね」
　ぴしゃんとドアを閉められて、あたしは教室に取り残された。
　机に腰かけて、足ぶらぶら。
　あたしのこと、ヤヨは好きでも嫌いでも普通でもないんだって。
　えーっと。
　それってなに?
「無」ってこと?
　それなら嫌いなほうがマシだよね。
「かーえろ」
　机の上に座ったまま、足を揺らして遠心力。
　1・2・3で着地。
　ヤヨのバーカ。

テスト期間とカフェデート

　ヤヨとあれから喋ってない。
　教室ですれ違った時も、パッて目そらされたし。
　テスト期間っていうのは委員の雑用もない。
　ヤヨは頑張り屋さんだから、休憩時間もちゃんとテスト勉強してる。
　話すタイミングないし。ヤヨも話しかけてこないし。
　ていうか。避けられてるし。
　いいもん、あたしだって忙しい。
　あたしは３日前から真面目に課題を解いてる。
　先生から頂いた、遅刻と服装違反の罰ゲーム。
　一番窓際の席で課題を解いていると、トンッて肩を叩かれた。
「芙祐ちゃん」
　振り向けば、慶太くん。
　茶色い髪は今日も完璧(かんぺき)にセットされてる。
　オーラ？　なんかすごい存在感。
　注目浴びすぎ、慶太くん。
　クラスの女子のほとんどが、彼の甘いフェイスに釘(くぎ)づけ。
　そんなこと、おかまいなし？
　慶太くんはニコニコと、あたしの席の前に立つ。
「芙祐ちゃん今日もいい匂いするね」
「それは、ありがとー」

って流しながら、なんとなく窓の外を眺めていたら、下校途中のヤヨの後ろ姿を発見。
　まっすぐ歩いてると思ったら、急に駆け足で斜め右側へ。
　その先には、ドミノ倒しになった自転車とそれを直してる女の子。
　……手伝うんだ。
　そう思ったとおり、ヤヨは一生懸命自転車を直してる。
　だからモテるんだよ。
　女の子はぺこり、頭を下げる。
　ヤヨは優しい。見てるとほっこりするくらい。
「あ。弥生くんだ」
「うん」
「芙祐ちゃんって弥生くんのこと好きなの？」
「好き？　うーん、まぁ好きだけどね……。あ、やっぱり〝無〟かなぁー」
「ふぅん……。あ、そうだ。芙祐ちゃん。今日暇でしょ？　お茶しようか」
「息を吐くように誘うよね」
「おごるよ？」
「それなら行く」
「じゃー決まり」
　一部始終を聞いていた藍が、「会話が軽い」って眉をしかめている。
　否定はしないよ。

学校を出て10分程度。
　前に行く予定だったカフェに到着した。
　甘いキャラメルマキアート。
　冷ましながらゆっくり味わってたら、
「俺さー芙祐ちゃんのこと結構前から知ってたよ」
　って慶太くん突然の報告。
「なんで？」
「頭髪検査の時に一緒だったんだけど。覚えてない？」
「え？　そうなの？」
「……。まぁ、それもだけど、芙祐ちゃんかわいいし目立つからね」
「へーありがとー」
　って棒読み。
　チャラ男の言う『かわいい』は、挨拶みたいなものだからね。
「合コンの時から思ってたけど、俺のこと誤解してるよねー、芙祐ちゃん」
「そう？」
「うん。俺、別にチャラくないからね」
　にこり、と笑顔の慶太くん。怖いよ。
「あたしにはチャラく見えるよ。でもいいと思う。あたしも男ならそうしてる」
「芙祐ちゃんもたいがい小悪魔だと思うけどねー？」
「小悪魔ぁ？」
　思わず眉をしかめちゃう。

打算的とか、したたかとか、そういうふうに思われるのは心外なんですけど。
　だって計算なんかしてないもん。自分に正直なだけです。
　って、心の中で反論しとくね。
　こう見えて平和主義なの。
「ごめんごめん、いい意味でね」
「ふぅーん。特別に許してあげる」
「ありがと」
　クスッと笑う慶太くん。甘いフェイスに緩い雰囲気。
「芙祐ちゃんて、チャラい人はお断りでしょ？」
「うん」
「だったら誤解とかせてよ」
　真剣に、じぃっとあたしを見つめる。
　色素の薄いキレイな瞳。
　慶太くん、やっぱりキレイな顔してる。
「俺は同時に何人もの女の子と遊ぶようなことしないよ。芙祐ちゃんもそうでしょ？」
「しないね」
「付き合えば他は見ないし」
「あやしい……」
「ほんとだって。フリーならデートくらい来る者拒まないだけ。でも付き合うわけじゃないよ。一線も越えないしね」
「あー、それはあたしもそうかも」
「ね？　今日みたいに誘ったりは、興味のある子にしかしないよ」

って、にこって笑う。
　そしたら興味持たれてるんだね、あたし。
「芙祐ちゃんと俺、似てると思うけどなー、考え方とか」
　ずずり、キャラメルマキアートを飲んで目をそらすけど、慶太くんは超こっちを見てるよね。
「合うと思わない？　俺たち」
「うん、チャラい」
「ひどー。聞いてた？　俺の話」
「いきなりそういうこと誰にでも言うのはチャラいよ、さすがに」
　さすがのあたしも苦笑しちゃうよ。
「まぁ、いいや。言ったくらいで誤解が解ければ世話ないもんね」
「『男の言葉は信じるな、信じていいのは行動だけ』ってママが言ってたよ」
「へぇー何かあったの？　お母さん」
　飲み終えたカップを置いて、慶太くんはニッと笑った。
「とりあえず、俺のこと見ててよ」
　そう言ってあたしの瞳をとらえると、
「俺、芙祐ちゃんのこと本気出してもいい？」
　そう言って笑った。

　とんでもない宣言をされたけど、そんなこと言っていられないの。だってそのまま、テスト尽くしの魔の1週間半に突入したんだもん。

一夜漬け派のあたしにはテスト期間、全然暇なんかないからね。
　学校に来るまでも、頭の中が英単語まみれだよ。
　下駄箱にローファーをしまってたら、
「芙祐ちゃん、おはよう」
　って、慶太くんだ。
「おはよー」
　あ、今さら気づいた。
　慶太くんは、あれから毎朝あたしに挨拶してる。
「今日は普通科は英語？」
「うん。慶太くんの英語力ちょうだい」
「はは、いーよ」
　って、あたしの頭をポンポン。
　ヤバいヤバい、今、叩かれたら単語こぼれるからね。
「……邪魔」
　ひくーい声が後ろから。
　ヤヨだ。
　挨拶する間もなく、先に行っちゃった。
　ヤヨとは、ずぅーっと喋ってない。
「……あたし平和主義なんだけどなぁ」
「何？　弥生くんとケンカしてるの？」
「ケンカ……かなぁ？　喋ってないだけだけどね」
「早く仲直りできるといいね」
「そーだねー」
　って言ってる間に予鈴が鳴った。

眠くて眠くて階段を上るのもダルイけど、今日でテストは終わりだから頑張ろっと。

　そして最後のテスト、英語も終了。
　この瞬間には毎回思うんだ。
　一夜漬けはやめようって。
「芙祐」
　久しぶりに名前を呼ばれた。
　ヤヨ、だ。
「それ持つから」
　って、あたしが抱えてる段ボールを指さしてる。
　ヤヨの声が聞けるの、ちょっとうれしい。
　でも、ちょっとムカつく。
「いいよ、これクラス委員の雑用じゃないし。頭髪検査と遅刻の罰らしいから」
「お前、フラフラじゃん」
「そんなことないよ」
「また寝てないんだろ？」
「大丈夫だよ」
　そう言いながらも、階段に差しかかる。
　１段、下りた瞬間。ぐらり。景色が歪んだ。
　パチパチ。目の前に火花、のち、暗転。
「芙祐っ!!」
　手から投げ出された段ボール。
　ばらばら落ちる音がした。

「……いてて」
　クラクラする頭を両手で押さえた。
　お尻が痛い。目の前には散らばったノートたち。
　あたし……階段から落ちた模様。
　のわりに、そんなに痛くはない……？
　あ、あれ？
「っ！　ヤヨ!!」
　あたしの下にヤヨ。
　急いで退いて、顔をパチパチしてみるけど、
「ヤ、ヤヨ……？　ね、起きて」
　ヤヨが起きない。何をしても起きない。
　　頭？　打ったの？
「ねぇ、ヤヨ！　起きてよ……！」

桜咲く

【弥生side】

　あれは、雲１つない春の日。

　目の前には、川城高校の合格者の受験番号が貼り出されている。

　ぎゅっと単語帳を握りしめて数字を追ってた。

　1213番……。

　あ。あった。よかった、受かった。

「へぇ、弥生受かったんだ」

　嫌味な声。

　またた゛。

　隣にいるのは、同じサッカー部だった同級生。

「３年の最後まで部活してたくせに第一志望校まで受かったとか。天才はいいよなぁ」

　嫌味な言葉。

　おめでとう、なんて言われるとは思ったこともないけど。

「でも……俺、弥生と別の高校でよかったわ。じゃーな」

　いつものこと。

　サッカー部でスタメンに選ばれた時も、上級生に部長を任された時も。

　成績も、なんでも。いつだってこうだ。

　『天才はいいよな』って嫌味ばかり。

　どれだけ努力してたって、見ているヤツなんか１人もい

ない。
　バカじゃねぇの。
　何もしないでできるわけねぇだろ。
　去っていくあいつの後ろ姿。
　最後だし言い返してやろう、と思って振り向いたその時。
　通りすがりの女子とバチッと目が合った。
　猫目の大きな目。長いまつ毛。胸下まで伸びた長い髪が風に揺れている。
　違う中学の制服だ。
　なんとなく目を奪われていると、
「桜、咲いたの？」
　ピンクの唇がきゅっと上がった。
　……桜？　あ、合格ってことか？
「あぁ、受かったけど」
「おめでとう」
　サラサラなびく髪は茶色く長い。
　名札がないから、どこの中学かもわからない。
　校則が緩いのか？
　校則の緩い学校なんてあったか？
　派手だなぁ、なんてぼけーっと眺めてたら。
「ケンカ？……って言っても、キミが一方的にやられてたけど」
　首をかしげて俺に問う。
「別に……。いつものことっつうか。ひがみだろ」
「そうなんだ」

ふぅーん、と俺を凝視する。
「……なんだよ？」
「そんなに単語帳握りしめて。ここ受かるのギリギリだったの？」
「そういうわけじゃないけど……。落ちてたらすべり止めの高校に行く予定だったから」
「ふぅん……。キミは頑張り屋さんなんだね？」
　ふっくらした唇の形を変えて、ニッと笑う彼女。
　風に揺られた髪。花みたいな匂いがした。
「きっとね、ちゃーんと見てる人はいるよ。頑張り屋さん」
　そう言って何かを俺に差し出した。
「え？」
　戸惑いつつその包みを受け取ると、
「芙祐一ー！　何してんのー!?」
　遠くから彼女を呼ぶ声。
「すぐ行くー」
　と叫んでから、俺のほうを仰ぐ。
「それ、合格祝い。食べて？」
　ピンク色の唇は口角を上げる。
　受け取ったお菓子をぎゅっと握りしめて、友達のほうへ走っていく後ろ姿を眺めていると、
　くるり、踵を返し、振り返る彼女は大きく手を振って。
「抹茶チョコね、マイブーム！」
　手のひらには抹茶チョコ。
　なんとなく、彼女を目で追った。

「……ヤヨ！　ヤヨってば!!」
「ん……。あれ？　痛……」
「頭打った？　打ったよね？」
　階段には、ばらまかれたノート……に埋もれる俺。
　階段でよろけた芙祐を支えようとして落ちたらしい。
「ほ、保健室……」
　芙祐は俺の後頭部を恐る恐る押さえた。
　大きい目に涙をためている。
「バーカ。そんなに打ってねえよ」
　芙祐の手を弾いて立ち上がる。
　頭、痛え。
　『ごめんね』と、何度も謝る芙祐に引っ張られて保健室に向かうけど。
「なぁ。抹茶……」
「え？」
「抹茶チョコのブーム、まだ続いてんの？」
「何いきなり？」
「いや。まぁいいや」
「病院も行こうね」
　第一印象は、派手で目立つ変な女。
『ちゃーんと見てる人はいるよ。頑張り屋さん』
　能天気な一言。
　抹茶チョコ。
「先生いないしとりあえず冷やそ。あ、この内線って使えるかな」

「生徒が使うなよ」
　勝手に冷凍庫から保冷剤を引っ張り出すし。
　勝手に固定電話で職員室に内線かけ始めるし。
　今の印象。
「……自由人」
「なかなか出てくれないね？」
　俺と向かい合う芙祐。
　電話の奥では呼び出し音。
　芙祐は受話器を片手に、保冷剤を俺の頭に引っつけた。
　その距離は瞳の奥まで見えそうなレベル。
　心配そうに眉を下げて、俺から目をそらさない。
　ピンクの唇は、少し開いている。
　呼吸してるだけ……なのに。
　マジでその顔で見つめるな。
　芙祐から目をそらし、小さな手から保冷剤を取り上げた。
「自分で押さえられるから」
　俺は今日も赤面を隠す。

夏と海と恥じらいと

　ヤヨの頭のたんこぶも、とっくに治ったころ。
　夏服も十分に着飽きた７月末。
　藍の幼なじみで想い人な英文科の彼と藍ちゃんが、ゴールインしていた。
　しかも、ひと月も前に。
「なんで言わなかったかな〜」
「ごめんって」
　ただいま、隣のクラスのリコも含めて放課後お喋り。
　藍ちゃんに質問攻めをひととおりしたとこ。
「あたしも彼氏欲しい」
「珍しいよねぇ。芙祐に３ヶ月も彼氏ができないとかぁ？」
　リコはリップクリームであたしを指さした。やめたまえ。
　「ほんとだよね。奇跡なんじゃないかな」って、藍にまで言われたよね。
　みんな、けらけら笑う。
「出会いないかなぁー」
「夏は出会いの季節だよぉ〜」
　リコが勢いよく開いたのは海の家のリーフレット。
「海？」
「あんまり焼きたくないけどさ、夏だし海には行かないと。ねぇ〜？」
　ふわふわかわいいもの好きなリコは、夏だけでなく冬も

美白を目指してる。
　小柄で巨乳。ロリ。ズルいよね。
「海かぁ。うん、行きたい」
　そう言って藍もリーフレットに見入る。
　そんなこんなで夏休みは3人で海に行くことに。
　水着の用意まですでに準備万端なリコはさておいて、
「藍ちゃん一緒に水着買いに行こ？」
「うん。行こうね」
　穏やかに笑う藍ちゃんから、幸せオーラがひしひしと伝わるよ。
「幼なじみくんと付き合えてよかったね、藍ちゃん。おめでとぉ」
「……うん。へへっ」
　藍ちゃんかーわい。

　夏休みに入った、8月某日。
　今日、海に行くために藍ちゃんと選んだビキニ。
　ミントグリーン。
　ストライプの大きいリボンが胸元についている。
　下は安心。スカートつき。
　デザインは文句なしにかわいい。
　夏に向けて前より明るく染めた髪は、アップにしてシュシュで留める。
　水着の上にマキシワンピ着用。
　ビーサンはヒールつきね。常識。

「いってきまーす」
　って、外に出ただけで溶けそうな快晴。
　早く早く、服脱ぎたい。
　31℃。地球がヤバい。
　電車に乗って藍と合流。
　次の駅でリコが乗るはず……なんだけど。
「おっはよぉ～」
　ってリコ1人じゃない。
　男子3人。見るからに海行きの装い。
「……え？」
「多いほうが楽しいと思って！　テントも立ててくれるって～。日焼けしなくてすむよねぇ」
「みんな元同クラだね、弥生以外は久しぶり」
　男子をどこからともなく連れてきたリコに、藍も賛成な様子。
　……あたしだけが「断固反対！」なんて言えない。
「……」
「どしたの芙祐？」
　藍ちゃんが首をかしげるけど、
「なんでもないよ」
　って、ごまかしとくね。

　男子メンバーは、ヤヨと野球部の2人。
　去年よくつるんでた仲良し3人組。
　うん。甲子園（こうしえん）でも観に行きなよ、とも言えない。

砂浜にテント、一瞬で立てちゃったし。
「海だー！」ってみんな、もう着替えちゃった。
　リコはピンクに白の水玉。フリルのついたビキニ。巨乳。
　藍ちゃんはネイビーのギンガムチェックビキニ。
　男子は「おぉー」とか言って盛り上がってる。
　ねぇ、ちょっと……恥ずかしくないの？
　とも言えず、あたしだけテントの中。マキシワンピと仲良し。
　灼熱。サウナ。
　ただの罰ゲーム。
「芙祐、着替えないのー？」
　リコが隣で、これでもかってくらい日焼け止めを顔と全身に塗ってる。
「土屋さんも早く海に行こうぜ！」
「先に行っていいよ」
「先に行ったら見失うだろ！　この人ごみ！」
　……だから。女子だけがよかったのに。
　みんな、なんで男子の前で水着をさらせるの？
　……なんて、言えないし。
「大丈夫だって！　土屋さん細いじゃん！」
「だから先に行ってていいってばー」
「マジで恥じらい？」
「もしかしてバージン？」
「なわけねぇだろ！　土屋さんずっと彼氏いんじゃん」
「男子くだらない話してないで、浮き輪の空気入れ、手伝っ

てよー！　弥生しかやってないじゃん！」
　って藍ちゃんの助け舟。
　え？　みんな簡単に脱げるのは、大人の階段を上っちゃってるからなの？
　いや、まさか。
　リコはともかく。藍ちゃん、英文科の幼なじみくんが初彼だし。
　経験ないのあたしだけ……とか、そんなまさかね？
「ほら。浮き輪」
「あ。ありがとヤヨ」
　ピンクの浮き輪を与えられた。
　みんなは空気入れと格闘中。
「海、行かねえの？」
「……脱ぎたくない」
「はぁ？……でもここにいたら熱中症なるだろ」
「だって……男子が来るとか知らなかった。恥ずかしいじゃん、普通に」
　って、ヤヨ相手に愚痴。
　ヤヨもその男子なんだけどね。
「これ着て入れば」
　頭に引っかけられた、白地に黒のロゴ入りＴシャツ。
「でも濡れるよ？」
「帰りの服あるから。着ろよ」
　そう言ってテントから出ていくと、ヤヨはまた空気入れに参加しちゃった。

それなら、借りちゃお。
　　　ヤヨの服、おっきい。柔軟剤の匂い。
　　　袖は折って裾(すそ)はシュシュで止めて。いい感じ。
　　　テントから出たころ。
　　　みんなも浮き輪にゴムボートに準備万端。
　　　走って海に行っちゃうあたり、子どもっぽい。
「あれ？　それ弥生に借りたの？」
「うん」
「せっかく水着かわいいのに」
　　って言う藍ちゃんに、
「ねーね。藍ちゃんって幼なじみくんと……」
「土屋さんたちー！　早く来いよー！」
　　肝心なところで男子の声。
　　藍ちゃんに手を引かれてみんなのところまで走った。
　　大人の階段を上ったのか、聞けずじまい。
　　でも、やっぱり聞かないでおこう。

　　１時間くらい海で遊んできたよ。
　　ちょっと飽きた。ううん、結構。
　　かき氷が食べたいって言ったら、みんなでテントに戻ることになった。
　　Ｔシャツを、ぎゅっと絞って。
　　涼しい。ちょうどいい。
「なんか。土屋さんさぁ」
「Ｔシャツ透けてて逆にエロい！」

「だよな！」
「はぁ？　セクハラ」
　って言いつつ、リコの後ろに隠れる。
　リコの巨乳だけ見とけ。男子よ。
「ん？　でも。リコもそれ思ってた。芙祐、もうそれ脱いだらぁ？」
「やだ」
「芙祐の水着かわいいんだよ。おっきいリボンついてて」
「透けてたから、だいたい見えてたよ〜かわいいよねぇ」
　って、リコまでそんなことを言う。
　午後は海に入らないでおこう。
　それが一番。
「お前、かき氷は何味にすんの？」
　って話題を変えたのはヤヨ。
「うーん。宇治抹茶……でも、イチゴ練乳は外せないよね？」
「欲張り女」
「そうだヤヨちゃん。半分こしない？」
　あたし、ニヤリ。
　だってヤヨも抹茶とイチゴ好きでしょ？　たぶん。
「……いいけど」
「やったぁー」
　ヤヨ、イチゴ練乳も抹茶も両方おごってくれた。
　イケメン。好きだよ、そんなキミ。
「ヤヨみたいなお兄ちゃん欲しいかも」
「……あっそ」

かき氷さくさく。
　　イチゴ味も抹茶味もおいしかった。
　　みんなもう海に行くって。
　　ヤヨは眠いらしい。
「じゃああたし、ヤヨと一緒にいる」
「えー!?　海はぁ？」
「気が向いたら行くね」
　　リコちゃん、怒らないでね。
　　あたしの協調性のなさは、今に始まったことじゃないでしょ？
　　あたし、ヤヨと２人でテントの中。体育座りで海眺め中。
「ねぇ、ヤヨ」
「んー？」
「ちょっと質問があるんだけど」
「なんだよ」
　　ヤヨになら聞ける。
「ヤヨって童貞？」
「……は？」
　　ヤヨがぽかーん。って顔してる。
「２回も言わせないで」
「……違うけど。なんだよ」
　　違うけど。
　　違うけど。
　　……っ、え!?
「ヤヨって彼女いたことあったの!?」

「まぁ」
「初恋もまだの少年だと思ってたのに」
「誰がだよ」
　嘘だ。ヤヨまで。
「どのくらい彼女と付き合ってたの？」
「３年くらいじゃね？」
「３年……」
　そんなに長いお付き合い、籍入れたようなもんだよね。
　最長４ヶ月のあたしって。しかもバージン。
「ヤバい」
　絶対ヤバい。ちょっと焦る。
　まわりがみんな経験ずみに見えてきた。
　宇宙よ溶けろ。
「ねぇ。ヤヨ。あたしエッチしたことない」
「……は？」
「ないの。内緒ね？　ヤバいかな。みんなあるの？」
「落ちつけ。別にいいだろそんなん。……意外だけど」
「でも、しようかって雰囲気になったことは何回かあるんだよ？　なんか無理でできなかったんだけど」
「好きなヤツと付き合わねえのが悪いだろ」
「好きだったもん」
「……そーかよ」
「藍ちゃんもたぶんあるんだろうなー。なんかあたしだけ子ども？」
「逆に守ってることを誇りに思えば」

「えー？」
「つーか……男にそういう話すんのやめろ」
　そう言って、あっち向いて寝ちゃった。
「……ヤヨ、大人なんだ」
　なんか、置いてけぼり感。ヤヨ寝ちゃったし。
「あつーい」
　って、ぱたぱたあおぐけど、どんどん暑くなってきた。
　海の家で売ってたアイスでも買ってこよう。
　野球部２人もいないしヤヨも寝てるからＴシャツを脱いで、ちょっとだけ暑さから解放された。

　海の家の前で、アイスのメニューをじいっと眺める。
　何味のアイスにしよっかなぁ。
「ねぇ、誰と来てんの？」
「よかったらあっちでＢＢＱしない？」
　知り合いかと思えば、まったく知らない人。
「しない」
　ブドウとチョコ、でもメロンアイスもいい……迷う。
　ヤヨは甘いのとさっぱりのと、どっちが好きかなぁ？
「友達も連れてきていいからさ！」
「アイス買ってあげるよ？」
　なんか誘拐みたい。変な人たち。
　行こう、行かないで押し問答になってる時。
「マジで探したから！」
　ってグイッて腕を引っ張られた。

見上げたら、ヤヨ。
　おじさま。嘘。王子様。
「アイス、迷ってたの」
「1人でどっか行くな」
「ごめんね。起きたら1人で寂しかった？」
「しばくぞ」
「嘘だよ。ありがと」
　なんて会話してる間にさっきの男2人組は、いなくなっていた。
　ヤヨはブドウアイスがいいんだって。
　あたしはメロンにした。
「ヤヨ、ひとくち交換しよー」
「いいけど……」
　スプーンで〝あーん〟してあげようと思ったのに。
「自分で食えるから」
　ってアイス交換してそっぽ向く。
「照れ屋さん」
「お前、そういうのは彼氏にだけやれよ」
「彼氏いないもん。それにヤヨにしかやんないよ」
　ヤヨがあんまりにお利口なワンちゃんだから。
　だからするだけだもんね。
　テントについて思い出した。
　Tシャツ脱いでたんだった。
「どうした、固まって」
「や、別に」

「ふぅん」
　ヤヨは、なんの興味もなさそうに海を眺めてアイス食べている。
　ヤヨはこういう人だからよかった。
　なんだ。脱いだままでも恥ずかしくないや。
「ここのアイスおいしいね」
「うまい」
　なんだかのほほん。
　ヤヨ、生あくび。
「ヤヨ寝不足なの？」
「昨日バイト終わりに先輩たちとボウリング行ってたから」
「膝枕(ひざまくら)してあげようか」
「いらねーよ」
「ひどっ」
　ヤヨの髪がサラサラなびく。
「もうすぐあいつら海から戻ってくるけど。着ねえの？」
　そう言って指さすＴシャツ。
「うん。なんかヤヨの前で脱いだらそんな恥ずかしくなかった。勘違いだったみたい」
「……ふーん」
　ヤヨ、ごろんて寝そべった。
　あたしも隣に仲良くごろん。
「お昼寝？」
「５分だけ……。起こして」
「いーよ」

ヤヨ、一瞬で寝ちゃった。のびたくん。
　寝顔かわいい。そして暇。
　スマホで撮影会。
　——カシャッ。
「……何、撮ってんだよ」
「あ。バレた」
「消せって」
「えー、かわいいのに」
　スマホの奪い合い。
　消されてたまるか。
　寝転んだヤヨにスマホ取られたから、奪い返すために覆い被さる。
「な……っ」
　ひるんだ。今だ！
「あたしの勝ちー」
　にーっと笑いながら、あたしに覆い被さられたヤヨを見おろす……。
　って、よく考えたらなんて破廉恥な体勢。
　あたし赤面。
　もっと真っ赤なヤヨにつられただけだけど。

「ただいまー！　って何イチャついてんの？」
　ニヤリと笑うリコ。
　あたしたちは体勢を直す。
　ヤヨはスマホを奪うのを諦めた様子。

完全勝利。はい、保存。
「もうみんな来るのか?」
「そのうち戻ってくるよ」
「リコの肌つめたーい。きもちい」
「あ。芙祐シャツ脱いだんだぁ」
「うん。恥じらい捨てたよ」
「あはは。何それ?」
　リコにぺっとり。ひんやり気持ちいい。
「って芙祐、暑いよぉ～!」
「えー、人間保冷剤なのに」
「弥生にくっついときなってぇ」
「ヤヨは人間ホッカイロになってるもん。たぶん」
「あつーい!　でも、芙祐ふにゅふにゅで気持ちいい～。あ……弥生も味わう?」
　にいっと笑うリコ。
「いらねえよ」
　なんてヤツ。
「失礼な猫ちゃんですねー」
　そう言ってほっぺ突いたら、Tシャツを投げられた。
「服、着とけ。貧乳」
「ひん……」
　にゅう。
　投げられたシャツを着た。迷わず着た。
「弥生、芙祐わりとショック受けてるよ」
「いんだよリコちゃん、事実だからね」

こんなものをさらしたのが悪かったんだからね。
　Ｂカップマイナス。根性で寄せ集めた執念のＢカップだからね。
「芙祐なにしてんのー？」
「バストアップ体操」
「弥生、謝んなよ。どうせ芙祐に服を着せたかった……」
「ただいまー！」
　全員戻ってきてテントぎゅうぎゅう。
　お昼ごはんは焼きそば。
　キャベツにはバストアップにいい成分があるとか、ないとか。
「弥生、謝りなよぉ」
「いんだよリコちゃん」
　見栄のＢカップを本物のＢカップにするからね。
　ここぞという時のために。
　未来のダーリンに貧乳って言われるのやだもんね。

　十分遊んで、帰り支度。
　栓を抜いた浮き輪を海に沈めながら、空気を抜いてるところ。
　じゃん負けで、ヤヨとあたしがこの係。
「あ。今日祭りじゃん」
「そっか。今日だっけ」
　神社に屋台が並ぶんだ。
　毎年行くわけじゃないけど、あたしたちが住んでいるあ

たりでは、わりと有名なお祭り。
「屋台の食べ物って格別においしいよね」
「あー。たしかに」
「なんか行きたくなってきた」
「……行くか？」
「みんなで？」
「どっちでも」

　ぶく、ぶく、ぶく……。
　浮き輪の空気抜きは、あと１つで終わり。
　ヤヨがほとんど抜いてくれた。
　やっぱり、ヤヨは器用。要領いいなぁ。
　ていうか。
「それ貸して。最後俺やるから」
　こういうとこ、イケメン。
「ヤヨちゃん、ヤヨちゃん」
　浮き輪を水に押し込むの手伝いながら。
「なんだよ？」
　伏し目がちなヤヨ、なんかかわいい。
「フリー同士、お祭りデートしようよ」
「……別にいいけど」
「やったぁ」
「つか、離していいから。俺がやる」
　あらあら、失礼しました。
　潮で髪の毛ベタベタだけど、お祭り、楽しみだなぁ。

夏祭り

【弥生side】
　辺りも薄暗くなったころ。
　狭い神社のキャパを越えた人ごみに流されながら、屋台を目指して歩く。
「予想してたけどカップルばっかりだね」
「まぁ、そうだろうな」
「ヤヨも３年付き合った元カノちゃんと来てた？」
「来てた」
「へぇー。ラブラブ」
　ニコニコ笑いやがる。
　本当にこいつは、俺のことなんかなんとも思ってないから。
　嫉妬するわけもないし。
　今だってフリー同士のデートなんて言いつつ、特別な意味なんかみじんもない。
　仲がいいヤツなら男だろうと女だろうと、誰でもいいから祭りに来たはずだ。
「あっ。クレープだ。食べない？」
　俺を見上げる上目づかい。
　首をかしげて、にこっと笑ったと思えば。
　俺の腕を掴んで引っ張り、屋台に並ぶ。
「ヤヨ、クレープは好き？」

「普通」
　つうか、腕離せ。
「あ、腕逃げた。うーん、じゃあ1個買って分けよー」
「それでいいよ」
　何味にしよう、って今日だけで何回迷えば気がすむんだ。
「お兄さーん、どれがオススメ？」
「ブラウニーの入ってるのが人気だよ！」
「ブラウニー……ヤヨ、ブラウニー好き？」
　俺が頷くと屋台の兄ちゃんとのやりとりで、なぜかトッピングがどんどん増えて。
　なぜか100円引きまでしてもらってた。
　……すげぇ能力。
「おいしー。わがままセレクト」
　スプーンですくって差し出してきた。
　いつもこれ。
　なんのためらいも恥じらいもなくこれ。
「はい、あーん」
「しねぇよ」
　芙祐が左手に持つクレープのほうに噛りついた。
「どう？　おいし？」
　嬉々として俺を見上げる。
「……うまい」
　そういう俺を見てうれしそうにあいつは笑う。
　ほら。今だって。
　ドキドキさせられるのは俺のほう。

「あ、芙祐ちゃん。と、弥生くんだ」
　って前からニコニコ手を振る、芙祐と似たような髪色したあいつ。
「慶太くん。1人で来たの？」
「まさか。クラスのヤツらとね」
　桜木慶太。
　最近、芙祐にやたら絡んでるヤツ。
「そっちは2人？」
「うん」
「もしかして付き合っちゃった……？」
「違うよ。フリー同士のお祭り」
　ズバズバ切りやがる芙祐に、
「あ、なんだ。びっくりしたー」
　桜木慶太のうれしそうな顔。
　芙祐のこと、本気か遊びか知らねえけど……結構うざい。
「芙祐ちゃんどうせなら浴衣で来ればよかったのに。見たかったなあ」
「海の帰りだからね」
「海？　2人で？」
　って俺に聞くな。
　しかも、なんだその目は。
「みんなで行ったんだよ」
　よからぬこと考えんな。
　俺はお前なんかと違えわ。
「へぇー、羨まし。芙祐ちゃん、今度浴衣着て花火でも行

こうよ」
「考えとくねー。あっ。クレープのアイス溶けそう」
　って、なんでそうなんだよ。こいつは。
　ちゃんと断れ、イラつくから。
「なんか豪華なクレープだね。ひとくちちょうだい」
「うん、いーよ」
　すかさずスプーンですくって桜木慶太に食べさせる。
　って、おい。
　海で『ヤヨにしかやんないよ』って言ってなかったか、お前……。
「この嘘つきが」
「うま。ありがと芙祐ちゃん」
「どういたしまして。って、ヤヨ今なんか言った？」
「……別に。早く行こうぜ」
　桜木慶太が勝ち誇ったように俺のほうをチラリと見たから、芙祐の腕を引っ張って退散。

「ヤヨもいる？」
「いらねぇよ」
「もしかして慶太くんと間接ちゅーはイヤだった？」
「てか、お前はイヤじゃねえのかよ」
「潔癖じゃないからね」
「……あっそ」
　あれだ、価値観。
　価値観が違いすぎる。

なんか１つでいいから、俺を男として見てくれたらいいのに。
「こっちから１周して回ろっか」
「なぁ。今日はデートなんだろ？」
「うん、２人だからね」
　空いた手のひら。
　ぎゅっと掴んで歩き出してみたら、
「え？」
　って戸惑いながらも俺の手を握り返す、芙祐。
「ヤヨ？」
　不思議そうに俺を見上げる顔は、別に赤くもなんともないけど。
「手、繋ぐならこうしようよ」
　そう言う芙祐は、指を絡めて結び変える。
　……恋人繋ぎ。
　ニッと笑って俺を見上げる。
　こいつには余裕しかない。
　……ちっとは、心拍数上げてみろよ。
「……あー、嘘。冗談。離して」
　って、先にギブアップしたのは俺のほう。
「ヤヨ、顔赤い。照れ屋さん」
　腕で赤面隠しても、芙祐はうれしそうに笑ってやがる。
「ヤヨは手繋ぐの好きなの？」
「……別に」
「チャラーい」

お前に言われたくない。
　……つうか。
「……お前以外にこんなことするかよ」
「え?」
　大きな目をパチパチさせて、こっちを見上げて口角を上げた。
「へへ。何それ」
　マイペース。自由人。
　本気の恋はたぶんまだ。
　なんでこんな女に振り回されてんだよ。
「ヤヨー、早く行こー?」
「わかったから。そんな急ぐなよ」
「だってヤヨとお祭り、楽しいんだもん」
　再び俺の手に指を絡ませて、こっちを見上げて笑う。
　思わず目をそらした。
　この悪魔が。

2章

やっぱりチャラい

　今日は夏祭り。
　慶太くんと行く約束をしたの。
　白地に薄紫色で小花がプリントされている、お気に入りの浴衣を着る。
　慶太くん、きっと目立つから。
　イケメンだし、背高いし、浴衣だし。
　並んで恥ずかしいとか思われるのイヤだからね。
　しっかり化粧しなきゃ。
　髪はくるくる巻いてアップにするの。あと、後れ毛もね。
「でーきた」
　約束は7時。
　まだまだあと1時間もある。時間配分を間違っちゃった。
　浴衣が崩れないようにイスにそーっと座って、スマホを確認……。
　着信5件、メール2件。全部慶太くん。
　メールをタップしてみたら、
【大丈夫？】
【今どこ？】
　って、なんで？
「……」
　まさか、とは、思うけど。前日のメールを確認。
【17時に河川敷前のコンビニで会おっか】

７時じゃなくて17時！
　大変、約束は５時だ。ケアレスミス。
　慌てて電話かけようとしたら……充電切れ？
　あ、これ負の連鎖。

　充電器を巾着(きんちゃく)に突っ込んで、急いで河川敷へ。
　約束のコンビニが見えてきた。
　浴衣姿の人で溢(あふ)れている。
　慶太くん、発見。
　長身、細身。
　ゆるふわのちょっと長めの茶髪。緩い雰囲気。
　大急ぎで慶太くんのところまで人ごみをかき分け、到着。
「ごめん！　時間を勘違いしてて！」
　息を切らせながらの平謝り。
　怒ってるよね？
　だってこの暑い中、１時間も待たせちゃったんだから！
「……よかったー。大丈夫？」
「え？」
「事故にでもあったかと思ったよ。無事でよかった」
　安堵(あんど)のため息と、にっこり笑顔の慶太くん。
　拍子抜け。
「ほんとにごめんね。１時間も……」
「髪のこれ、取れそうだよ」
　ってコサージュを直してくれた。
「あ……ありがと」

「走ったの？　疲れたでしょ。リンゴ好き？」
　って渡してくれたのは、冷たいリンゴジュース……？
　本当に？
「慶太くん……ありがとう」
　うるっときた。
　あともう少し涙腺が緩かったら感動泣きしてたよ。
　慶太くんはね、たぶん天使の生まれ変わり。
「ちょっと休んだら行こっか」
　って、ニコニコあたしを待っていてくれる。
　あたしが感動して見つめてたら、
「浴衣かわいいね」
　だって。
　チャラいとか、もう言いません、先生。
　確信したよ。
　慶太くんはモテる。
　そういえば、リコが言うには学年で一番モテるとか？
　愚問だね。
「慶太くん浴衣似合うね。男の子の浴衣って反則だよね」
　慶太くんが着てるのは濃紺の浴衣。いつもよりちょっと
セクシーに見えちゃう。
「それってこっちのセリフじゃないの？」
「カッコいいよ」
「ありがと」
　慶太くんの笑顔って、優しくって好きかも。

花火会場についた。
　人ごみに紛れても、ふんわり、今日もいい匂いがした。
「慶太くん、今日はアロンの香水つけてるんだね」
「この匂い好きなんでしょ？」
「うん。好き」
「買わないの？」
「前まで欲しかったけど、この香りはもう慶太くんの香りだからね」
「へー、なら、なおさらつけてよ」
　なんて言って、あたしに手を伸ばす。
　肩に手を回されるような形で、手首を首につけてきた。
「やだよー！　あははっ」
　って身をよじったら、
「……いって」
　思いっきり人様の足を踏んじゃった。
　まだ負は連鎖してるらしい。
「ごめんなさい！」
「……芙祐かよ」
「あ、ヤヨちゃん。久々だね……って足、大丈夫？　ごめん」
「いいけど」
　ってヤヨの目線の先には慶太くん。
「どーも、弥生くん1人で来たの？」
「……なわけねえだろ」
　そう言うと、ヤヨは友達と思われる人たちのところへ去っていった。

ヤヨ、感じわるーい。
　踏んだのつま先だったからね。痛かったんだろうな。
　ヤヨの背中に向かってナムナム拝みながら、あたしたちも場所取りへ。
　花火の打ち上げ時間が迫っているのもあって、いい場所なんか全然空いてない。
「あたしが遅刻したせいで、ごめんね」
「謝んないでよ。どこからでも見えるよ」
　にこって笑いながら、空を指さす慶太くん。
　心の広さ、ありがたや。
　のんびり、空を見上げる。ほのぼの。いい感じ。
　もうすぐ花火が始まる。
　前も後ろも、両隣も人で溢れてきた。
「芙祐ちゃん、はぐれるよ」
　慶太くんが左手を差し伸べてきた。
　手、繋ぐってこと？
　慶太くんの濃紺の浴衣の袖、ぎゅっと掴んだ。
　だって、手汗かくじゃん。恥ずかしいもんね。
「えー？　そっち？　まぁいいけど、はぐれないでね」
「うん。離さない」
「そうして」
　花火が始まった。
　夜空に広がる二尺玉。
　ぱらぱらと花火が散る。
　それを眺める慶太くんをチラリ横目で観察中。

……チャラい……のかな……？
「なーに見つめてんの？　芙祐ちゃん」
「あ。バレてた」
「バレるでしょ。もしかしてそこからだと花火見えない？」
　グイッと顔を寄せた。
　あたしの目線に近づき、空を見つめる彼の横顔。
　……香水の匂い。近い。
「……」
「なんだ。ちゃんと見えるじゃん」
　至近距離。目が合った。
　パッて、目をそらしちゃった。
　意味は、とくにないと思う。
　そんなあたしを見て、慶太くんクスッて笑ったでしょ。
　……負けた気分。
「芙祐ちゃんてさ。ちゃんと誰かを好きになったことある？」
「あるよ」
「そー？」
　何、その、疑いの目。
　好きじゃなきゃ付き合わないよ。
　失礼しちゃうよね。
「そういう慶太くんこそ、ちゃんと好きになったことあるの？」
「んー。どうだろ？」
「付き合ったことはあるんでしょ？」

「たくさん」
「だよね」
　……やっぱりチャラいんだ。
　なんかちょっとがっかりしたかも。ちょっとだけ。なんとなく。
　いいや、話を変えちゃえ。
「スターマイン、始まったね！」
　夜空をカラフルに照らす、スターマイン。
　途切れない音。大好き。
「でも俺、芙祐ちゃんより１歩リード。最近好きって意味わかってきたかも」
　あ。話を戻された。
「１歩リードって。あたしだって好きって意味くらいわかってるよー」
「似てるから、わかるんだよね。芙祐ちゃんたぶん、初恋まだだよ」
「そんなことないよ」
　だって、ずっと恋愛してきたし。
　反発しようとしたら、浴衣の袖を掴んでたあたしの手が慶太くんの手に包まれた。
「でも俺は——」
　慶太くんの声は、スターマインの音にかき消された。

花火

【慶太side】
「でも俺はちゃんと好きになったよ。芙祐ちゃんのこと」
　スターマインの音にかき消された。
「なんて言ったー？」
　芙祐ちゃんは背伸びしながら俺の耳元で聞き返す。
　アップにまとめられた髪から、花みたいなシャンプーの香りがふわっと香る。
　これね、一応人生初のガチ告白だから。
　……言い直してやんない。
　苦笑いする俺を見て、芙祐ちゃんは首をかしげた。
　——前から芙祐ちゃんのことは気になってたよ。
　そう言ったら、芙祐ちゃんはなんて言うんだろう？
　チャラーい！　嘘ばっかり！
　芙祐ちゃんは俺のことなんか覚えてないから、ニコニコ笑いながらそう言うんだろうね。
　俺としては、心外なんだけど。
　……。
　入学して、日本の高校生活にも慣れてきた高１の秋。
　俺の通う英文科は女子が半数以上。男子のほうが少ない。
「慶太くーん！」
　語尾にハートが見えるような、女子たちの猫なで声。
　何を媚び売ってるのかわかんないけど、正直、そういう

のは飽き飽きしていた。
「このあと、みんなでカラオケ行かない？」
「いいよ」
「やったぁーっ」
　だけど、俺が頷けば女の子たちは喜ぶから。
「そういうのまんざらでもないっていうんじゃねえの？」
「あー。バレた？」
　クラスメートの匠(たくみ)は、呆れたように俺を見る。
　匠は、小学生のころからずっと幼なじみに片思いしてるらしい。
　たしか、名前は藍ちゃん。
　見たことはないけど隣の棟の普通科に通ってるそうな。
「慶太は本当に来る者拒まないよな」
「拒む必要もないから」
「彼女でも作って落ちつけよ」
「彼女ねー」
　特定の彼女を作って何になる？
　遊びたいなら、いろいろな子と遊んだほうがラクに決まってる。
　女の子の独占欲ってすごいじゃん。
　『メール返してよ！』とか、『何してたの？』とか、逐一報告するなんてやってらんないから。
　報告、連絡、相談……の、〝ホウレンソウ〟を守れって言うんだろ？
　恋する女の子って……まるで社会人。

試しに付き合ってみても、幻滅して終わり。
　だったら、しばらくいらないっかなーって思うんだよね。

　男5人、1階の英会話教室で昼飯のパンをかじりながら、宿題のノート写しの真っ最中に。
「慶太っていつもいろいろな子と遊んでるけど、本当のところどういう子がタイプなん？」
　なんで男同士で恋バナしてんのかわかんないけど、
「はー？　タイプねぇ……」
　そんなこと考えたこともなかったなぁ。
「あー、あの子かな」
　って適当に指さしたのは、外のベンチで弁当を食べている女子。
　なんとなくきつそうに見えるけど、かわいい子。
「は!?」
　って過剰反応したのは匠。
「なんだよ」
「いや、別に……」
「まさか噂の藍ちゃん？　へー、めちゃくちゃかわいいじゃん」
「慶太、マジで藍のこと……？」
「いやごめん、適当。会ったこともないし」
　でもまぁ、かなりレベルは高いと思うけど。
　かわいいし。
「でも、藍ちゃんって話を聞いてる感じ、もっと清楚(せいそ)な子

かと思ってた。茶髪にあの制服、あれ、頭髪検査アウトでしょ」
「え？　藍は髪は短いほうだけど。なんだー。お前の言ってるのフユっていう子だわ」
　匠は安堵のため息、のち笑顔。単純なヤツ。
「フユ？　あだ名？」
「本名。つーか知らねえの？　結構有名だよな？」
「俺も知ってるわ。土屋芙祐。美人だよな！」
「でも噂だと彼氏とっかえひっかえだっけ？」
「藍が言うには『彼氏自体に執着がない』とか……？　わかんねえけど」
「噂によると、すげー魔性らしい」
「何それ!?　俺も遊ばれてー!!」
　大盛り上がりだね。
　俺は輪から外れて、窓の外の彼女を見た。
　本名、土屋芙祐ちゃん。
　ロングの茶髪。猫目の大きな目。
　ふっくらしたピンクの唇。
　薬指に指輪してるからたぶん彼氏アリ。
「慶太さぁ、本気でフユちゃん狙って落ちつけば？　お前の噂ヤバいよ」
「噂って？」
「なんだっけ？　5股かけてるとか、浮気男だとか？」
「毎晩、別の女と寝てるとか？」
「女とっかえひっかえ寝取ってるとかだよな？」

……マジか。
　すごいな、噂っていうのは。どこの国でもすごいな。
　たしかに、誘われればカラオケでも映画でもどこでも行くけど、それ以上するわけないのに。
　こっちに気のある女に手を出しても、あとで面倒くさいことになるのは目に見えてるから。
　俺、そんなバカじゃないんだけど。
「それ訂正してくれた？」
「いや」
「訂正して好感度が上がったら、女子が余計に慶太のところに行くだろ！」
「なんだよそれ。まぁいいけどさー」
　本当に。彼女とか面倒くさいし。
　好感度とか、どうでもいいんだよね。

　そんなことがあった数日後。
　進路についての学年集会で、１年全員が体育館に集まった日のこと。
　芙祐ちゃんと藍ちゃんの会話が聞こえた。
「えー、そんなんで別れちゃったの？」
「うん。束縛されたくないもん。人の生活を尊重してくれる人がいいって気づいたんだよね」
「芙祐……。せっかく長く続きそうだったのに」
「だって話し合っても価値観が合わないんだもん」
「次はちゃんと選びなよー？　もう」

「はぁーい」
　近くで初めて見る芙祐ちゃんは、今日は黒縁の大きなメガネをかけていて。
　白い肌、メガネの奥の長いまつ毛、大きな猫目。
　ピンクの唇は、ぷるんとしている。
　人形みたい。
　制服は正しい着こなしではなくて、でも似合っててかわいい。
　オレンジ色に塗られた爪が、ゆったり着こなしたキャメルのカーディガンの袖から見える。
　あー、これは、モテるわ。
　そんな印象。
「藍ちゃん……学年集会ってことは頭髪検査あるよ？」
「……あ」
「リスクマネジメントのプロが珍しいね」
　そう言って指さすのは藍ちゃんの目元？
「そのカラコン、バレると思うよ〜」
「どうしよ……。ケースないし」
「そんな時のダテメガネ。どーぞ」
　そう言って芙祐ちゃんは、黒縁のダテを藍ちゃんにかけた。
「って芙祐だってカラコン隠しに使ってたんでしょ？」
「違うよ。オシャレだよ」
「いいよ……私も怒られるよ」
「藍ちゃん。意外と怖いんだよ、生活指導の先生って本気

だからね。あたしは髪でアウトなんだし気にしないでよ」
　ニッと笑う芙祐ちゃん。
　たしかに。めちゃくちゃかわいいね、この子。
「えー……」
　って言ってる間に頭髪検査でバッチリ呼び出しを食らったのは芙祐ちゃんだけで、藍ちゃんはセーフだったらしい。
　呑気(のんき)に人のことを言ってる俺も、呼び出しを食らったんだけどね。
　合計10人くらいが、生活指導室に連行された。

　長い学年集会のあとの長いお説教もいよいよ終盤へ。
「桜木慶太……。お前なぁ、海外にいたからって茶髪にピアスが当たり前だと思うなよ！　ここは日本なんだから調子に乗るんじゃない！」
　なんで俺だけ名指しされてんのか知らないけど。
　すげー長いんですけど。
　わざとらしく海外とか、うざいんですけど。
　げんなりしていた時。
「せんせー。あたし海外旅行に行ったことなくて、パスポートすら見たことないけど茶髪ですよ」
　そう言いながら巻かれた毛先をくるくる指で弄(もてあそ)び、口角を上げるのは芙祐ちゃん。
　さすがに、俺も苦笑い。
　この子、なんで挑発してんの？
「だ、だからそれは、郷(ごう)に入ったら郷(ごう)に従えってこと……

だから」
「あたしにはそう聞こえなかったですけど……」
　先生が言葉に詰まってきた。
　しどろもどろになる前に、
「ごめんなさい。生意気言いました」
　へへって笑って、先生を見上げる芙祐ちゃん。
　うわ、ズルい。上目づかい。
　わかってやってんのかな、この子。
　先生の勢いは少しばかり弱まって、いつの間にか解散。
　……きっと、あの先生は芙祐ちゃんが苦手だ。

　解散したあと、俺はなんとなく芙祐ちゃんに声をかけた。
「ねぇ」
「はい？」
　口角を上げたまま、俺を見上げる大きな目。
「あ……」
　なんでもいいから。
　いつものように適当に声かけちゃえばいいのに。
「？」
　芙祐ちゃんは俺の言葉を待ってるけど。
「……いや、なんでもない」
　って逃げるように去ったのは……俺？
　って、なんで逃げた？
　それ以降、芙祐ちゃんとはとくに関わりもなかった。
　でもなんとなく、意味なんかないけど、学校でよく芙祐

ちゃんを見かけるようになった。
　別に、芙祐ちゃんが俺の前に現れる回数が増えたわけじゃない。
　俺が、芙祐ちゃんを無意識に探しているって気づいたのは、学年が2年に上がるころ。
「なぁ、合コン来るだろ？」
　匠が俺に問う。
「……どうしようかな」
　最近、そういうのすら面倒くさいんだよな。
「ってか、匠は藍ちゃんに片思い一筋なのに行くのかよ？」
「藍も来るからな。ってか、お前のために開くんだって」
「はー？　別にいらないんだけど」
「芙祐ちゃん」
　その言葉に思わず顔を上げた。
「ほら、来るだろ？　藍に頼むからさ。お前、最近ノリ悪すぎるし、俺たち合コンしたいし」
　おい……どうせそっちがメインだろ。
　まぁ、でも。
「さんきゅ。その合コン行くわ」
　芙祐ちゃんは俺のこと覚えてるかな？
　なんてささやかな願いは、のちに玉砕(ぎょくさい)したわけだけど。

「慶太くん、見た？　今の。にこちゃん花火かわいいね」
「そうだね」
　頑張る気なんかなかった。

気になる存在のまま、風化していく気持ちだと思っていたから。
　まさか、あの芙祐ちゃんと関わりができて、こうして2人で花火に来るなんて思いもしなかったけど。
「慶太くん」
　そう呼ばれることも、ないと思ってたけど。
「手、離していい？　あたし汗が……」
「ダメ」
　ぎゅって握り直した。
　かわいいからいじめたくなる。
　俺がじっと見つめると、目線をそらす芙祐ちゃんがかわいい。

宿題消化とヤヨの家

　海も、お祭りも花火も、楽しいことって一瞬にして終わっちゃう。
　夏休みもあとわずか。
　夏休みの課題っていうのは、内容はそんなに難しくないけど量が多すぎる。
　去年はクラスの子たちみんなでヤヨの家に集まって、協力し合ったんだけど。
　今年はカップルができすぎたせいで全然予定が合わないから、ヤヨの家で２人きり。
　大丈夫、ヤヨは安全男子だから。
　わんわん！　って吠えるのは、ヤヨじゃなくて、本当のワンちゃん。
　かわいいトイプードルで、名前はモグちゃん。
「お利口なワンちゃんが、ワンちゃん飼ってるんだもんね」
「誰が犬だよ」
「かっわいー。よしよーし」
　って、戯れすぎた。
「いい加減、始めるぞ」
　ヤヨに部屋まで連行されて、宿題開始。

「やっぱ人数いないと時間かかるね」
　もう２時間たっちゃった。

「去年だって、ほとんど芙祐と俺の写されてただけじゃなかったか？」
「そうだっけ」
「そんで芙祐はやらなすぎ。ほぼ白紙じゃん」
「夏休みと勉強って結びつかないからね」
「……。そういえば、花火どーだったん」
「楽しかったよ。そうだ、あの日は足踏んでごめんね」
　って、ちょうど慶太くんからメールの返信が来た。
　あの日から毎日続いてるんだよね、メール。
「さっきからそれ、うざいんだけど。電源切っとけ」
「ヤヨちゃん、いつからそんな怒りんぼになったの」
「うざ」
「みーけーんっ」
　ヤヨの眉間のシワ、ナデナデ。
「やめろ」
　へへっ、怒りんぼ。
　手を動かさないと、ヤヨにガミガミ言われちゃうからね。
　あたしの担当は英語。
　ざっと読み終えて、ようやく問題に答える。
　……疲れた。
　指先でペンがくるりくるり。
　ヤヨは数学をガリガリやっている。
　ものすごいスピード。超理系脳。
　あたしはきょろきょろと部屋を見回して、目に入ったのは中学の卒アル。

「ヤヨちゃん、卒アル見てもいい？」
「適当にどーぞ」
　ヤヨの集中力は半端ない。
　あたしの言葉に答えつつ計算してるもん。
　坂木弥生。さ、さ。サ行……いた！
　まずは３年５組の個人写真でヤヨを発見。
　……イケメン。このクラスで断トツのイケメン。
　カッコいい。ヤヨ。
　学ランのヤヨ、懐かしい。
　中学の時、ヤヨに会ったことあるもん。
　高校の合格発表の日に、話しかけたっけ。
　あの時は気にしなかったけど、こんなにイケメンだったんだ。
　うちの中学に通ってたら、きっとモテモテだったよ。
　さらにページをパラパラめくると、サッカー部の集合写真を発見。
　……なんかヤヨ、全然楽しそうじゃない。
　体育祭とか文化祭のヤヨは楽しそうなのに。
　あ、ヤヨの一番いい笑顔を発見。
　かわいい子ちゃんとツーショット。仲良く寄り添ってピース。
　黒髪つやつや、長さはミディアム。
　すっぴんみたいだけど、お目目はパッチリくりくり。
　ちっちゃい口。ミラクルかわいい。
　びっくりした。

その辺のアイドルよりかわいいよ。
　　　その辺にアイドルなんかいないけど。
「この子が元カノちゃん？」
「んー？　あぁ。そう」
「ヤヨのめんくい。めっちゃかわいい」
「別に顔で選んでねぇよ」
「とか言っちゃって」
　　　ヤヨの元カノちゃん、名前を探そっと。
　　　この中学6クラスもあるから、探すの超大変。
　　　あ、いた。
　　　かわいすぎて意外とすぐ見つかっちゃったよ。
　　　3年3組。永田麻里奈ちゃん。
　　　学年で、ぶっちぎり。かわいい。
「ヤヨやるなぁ」
「……いい加減、宿題やれよ」
　　　ちぇ。
　　　卒アルを取り上げられた。
　　　代わりに英語を開いて、問題を解いて……。
　　　うん、気になる。
「どっちから告ったの？」
「どっちでもいいだろ」
「ちょっと気になる」
「……こっちから」
「わお。やるね。なんか青春ー」
　　　だってお似合いなんだもん。ニヤけちゃうよね。

「ニヤニヤすんな」
「しちゃう」
「はぁ……」
　すると、ヤヨのペンが止まった。
　さっきまでの集中力は？
　邪魔しすぎたかな。
「邪魔してごめん。宿題やろっか」
「そうだな」
　ほら、すぐボーッとする。
「もしかして、元カノに未練が？　思い出しちゃった？」
「ちげぇわ。……鈍感女」
「なんで怒るの」
「怒ってねえし。飲み物取ってくるけどコーラと緑茶どっちがいい？」
「んー……緑茶。あ、お菓子はいっぱい持ってきたよ」
「りょーかい」
　パタンとドア閉めて、ヤヨの部屋に1人。
　シンプルでキレイな部屋をぐるーっと見回してから、おやつの準備。
　ヤヨは抹茶好きだから、抹茶のお菓子をいっぱい持ってきた。
　ヤヨが戻ってきて、緑茶で乾杯。
「芙祐って、ほんと抹茶好きだな」
「ヤヨほどじゃないよ」

秋到来

　　まだまだ夏服、全然気温が下がらない。
　　９月、新学期が始まった。
「弥生って、そんなにかわいい子と付き合ってたんだ」
「うん。ミラクルかわいいお人形さん」
　　放課後、藍とお喋り。
　　藍は薬指に指輪はめちゃって、幸せオーラが眩しいんですけど。
「さて。委員の仕事しないとなんだけど……」
　　イチゴミルク片手に、爆睡中のヤヨを見る。
　　起きないよね、この人。
「弥生、今日１日ずっと寝てるね」
「夏休みにバイト入れまくって遊びまくったらしいよ。だからね、今の彼は昼夜逆転」
「芙祐、やけにくわしいね」
「お互いフリーで暇だからメールが続くんだよ」
「いっそ弥生と付き合えばいいのに。アリなんでしょ？」
　　イチゴミルクごくごくしながら、ヤヨを眺めるけど。
「ヤヨは、あたしのこと好きじゃないからね」
　　何回か聞いたことあるもん。
　　ていうか、〝無〟らしいね。
　　……って思い出したら、ちょっとムカついてきた。
　　安眠妨害してやろ。

「ヤヨ、起きろー」
　ほっぺたツンツンしても、ぜーんぜん起きない。
　相変わらず、かわいい寝顔。
「ヤヨー委員の仕事するよ」
　頭ナデナデ。髪の毛ぐしゃぐしゃ。
　全然起きない。
　ポケットから最終兵器。必殺ペコちゃん飴。
　口に、ぎゅーって押し込んでやれ。
　それ見て藍ちゃんが吹き出した。
「ヤヨちゃーん。やっちゃーん。起きろー」
「んー……。……リナ？」
　ヤヨが口に飴を迎え入れてから、むくっと起き上がった。
「リナって誰？」
　って、身を乗り出したのは藍ちゃん。
　……リナ。
　あ。わかった。違う違う。
「きっとリナじゃなくてマリナだよ。ヤヨの元カノ、麻里奈ちゃんっていうんだよ」
「なんの話だよ？」
「弥生が今、芙祐のこと『リナ』って呼んだから」
「言ってねえし」
「言ったよー。やっぱあのかわい子ちゃんのこと引きずってるんだ。連絡取らないの？」
　かわいそうに。
　頭よしよしってしてたら、バシンッて振り払われた。

「……もうマジでお前、最悪」
「失礼な。早くこれやっちゃって帰ろ？」
　もうすぐ文化祭だから、いろいろと提出物があるんだよ。
　しかも今日中。
「あ。じゃあ、私は帰るね」
　そう言う藍ちゃんの視線の先。教室のドアのところに幼なじみくん。
　ダーリンのお迎えなんて、羨ましー。
「いいなーデート。ばいばーい」
　藍は華やかにデートだけど、あたしとヤヨは地味にプリント広げる。
　ヤヨはぺこちゃん飴、あたしはイチゴミルクを片手に。
　プリント、読むのも面倒くさい。
「元カノと最近も会うの？」
「なんで？」
「だってさっき名前間違えられたし」
「会ってねえよ。たまに電話くるけど」
「元カノと電話かぁー」
　んー、不思議。別れたら友達になるってこと？
「それって彼女できたら怒られるよ？」
「彼女できれば連絡なんか取らないだろ、普通」
「へぇ？　そっかー」
　プリントに目を通して、だいたいの内容は理解。
　適当に回答していく。
「でーきた」

「ほんと適当だな。貸して」
　ヤヨって絶対Ａ型。ほんと、真面目。超真面目。
　いい子だなぁ……って頬杖ついて見てたら、
「なんだよ？」
　って顔を上げる。
「あたしもちゃんとやる」
「りょーかい」
　夕日に照らされながら、ふって笑うヤヨ。
　夕日のオレンジ似合うね、ヤヨちゃん。
　なんか、ずっと見てたいくらい……。
「かーわい」
「うざ。さっさと手、動かせ」
「はぁーい」

　今日は毎月恒例の学年集会。
　朝のホームルームのあと藍と体育館に向かう途中、
「芙祐ちゃーん。おはよー」
　って片手を振っている慶太くんを発見。
「おはよー」
　慶太くんの隣には、藍ちゃんの彼氏。たしか匠くん。
　現在、藍ちゃんと仲良くケンカ中。
　イチャイチャしないでよ！って言いたくなっちゃうようなケンカだね、あれは。
「邪魔者は先に行こっか」
　慶太くんのその意見、超賛成。

学年集会が行われる体育館についた。
　　　まだ、みんな整列もしていない。
　　　慶太くんと話してたら、
「やっと見つけた。お前、今日当番だろ」
　　　と、ヤヨ登場。
　　　ヤバい、怒ってる。
　　　うん、忘れてた。先生に頼まれてたプリント、コピーするの忘れてた。
「……忘れてたのかよ」
「すっかり」
「ったく。バカ。ほら行くぞ」
　　　って、大量のプリントを雑に渡された。
　　　ぎゃー、大量。ヤヨちゃんごめん。
「俺も配るの手伝おうか？」
　　　にこっと笑うと慶太くん。
　　　ありがとってプリントを渡そうかと思ったのに、
「……いや、俺ら２人で大丈夫だから。ありがと」
　　　って、ヤヨが丁重にお断りしちゃった。

「手伝ってもらえばよかったのにー」
　　　大量のプリント配りながら文句を言ったら、ヤヨが「はぁ」ってため息。呆れられた。
「……ちょっとは遠慮しろよ」
「人の厚意には素直に甘えていい時もあるんだよ、ヤヨちゃん」

「俺にこれだけ印刷させといてまだ甘える気かよ」
「あはは、ありがと愛してる」
「……うっざ」
　ぷいって一番遠くの列まで配りに行っちゃった。
　あれはだね、照れたんだよ。たぶんね。
　ヤヨは今、愛に飢えてるからね。
　全部配り終えて、列に並んだヤヨちゃんの背中めがけて、
「照れ屋さーんっ」
　って体当たり。
「マジでしばく」
「あ、あれ？」
　後ろから両手、捕獲されちゃった。
「身動きとれないんですけど」
　っていうか、近いんですけど！
　あたしの両手はヤヨの両手に捕まえられて、後ろからはがいじめにされちゃった。
「はーなーせ！」
　って暴れるのにビクともしない。
　ビクともしないから抵抗するのやめてみたら、落ちついてきちゃった。
　ヤヨの胸に背中からもたれると、余計にいい感じ。それに柔軟剤のいい匂いするし。
　両手は拘束されたまま、後ろにいるヤヨを振り返って見上げた。
「なんか落ちついてきたかも」

「ふざけんな」
　そう言うとヤヨは両手を離して、思いっきりあたしの背中を押してきた。悪い猫ちゃんめ。
「もう終わり？　しばかれ足りない」
「うるさい」
「いひひ」

「2人とも〜イチャイチャしすぎぃ」
　って隣のクラスの列に並ぶリコが、髪の毛をくるくる弄びながら笑っている。
「してねぇよ」
「わ、また振られた。ヤヨちゃんひどくない？」
「もう、芙祐さぁ、あんまり堂々とラブラブすると、慶太くん泣いちゃうよ？」
「えー、あたしのために泣いてくれるのかな」
「ふざけないでよお。ほんとに慶太くんて芙祐のこと好きらしいよ？　この前、合コンで言ってたもん」
「ちょっと待って。あたしを置いて、リコはまた合コン行ったの？」
「うん。だって芙祐、合コンはもう行かないって言ってたじゃん〜」
「そ、そうだけども」
　でもでも、お誘いくらい欲しかったような。
　出会いとか。出会いとか……。
「慶太くん、合コンの場なのに普通にリコに芙祐のこと本

気みたいな話してくるから、なんか萎えたけど応援中。というわけで、リコは芙祐と慶太くん派だから、弥生ごめんね？」
「……なんで俺にごめんなんだよ。関係ねぇし」
「リコ、なんか勘違いしてるよね？　あたしとヤヨのこれ、ネタだからね？　ねぇ？」
「……あ？」
　瞬間的にヤヨに睨まれた。
　間髪入れずにリコが、
「あ！　ほら、芙祐！　頭髪検査対策しないと！　ね！」
　って、あたしの髪の毛をいじり始める。
「リコちゃん、髪染めてる時点で無駄だからいいんだよ」
「いいから！　もー芙祐のバカー」
　怒られた。なんで。
「リコも弥生をいじるようなこと言ったけど、芙祐からそんなこと言われるのは弥生かわいそうだよー」
　小声で言われるけど、リコは本当に誤解しているみたい。
　まるでヤヨがあたしのこと好きみたいに。
　ありえないのに。

ライバル

【慶太side】
　学年集会が始まる前、体育館で芙祐ちゃんと2人、いい感じに話してたんだけど、途中から殺気を感じてたよ。
　……弥生くん。
　ほんと、芙祐ちゃんのこと好きみたいだね。
　プリントをネタにして俺から芙祐ちゃんを奪おうとするから、『手伝うよ』とか言ってみたら、案の定『……いや、俺ら2人で大丈夫だから。ありがと』って断られた。
　あーあ、芙祐ちゃん、連れていかれたよ。
　普通科の列に並んだ2人の仲のいいこと。
「慶太くーん！　こっちこっちー」
　クラスの女子に引っ張られて俺も列に並ぶけど、こっからバッチリ見えるんだよね。
　芙祐ちゃんと弥生くんがくっついてんの。今。
「……離れろよなー」
　弥生くん、それはさすがにくっつきすぎでしょ。
「え!?　ごめん！　私そんなつもりじゃ……」
　パッて隣の女子が距離を置いて謝ってきた。
「あー、違う違う。今のひとり言。ごめんね？」
「ひとり言？　変なのー。びっくりしたぁ」
　あ、弥生くんと目が合った。あれだね。
　これは〝見せつけられてる〟よね。

そういうことしちゃうんだ。まんまとイライラさせられているけどね。
　じゃあ、俺も容赦しないから。
　これはお互い無言の宣戦布告。

　学年集会が終わって、芙祐ちゃんを迎えに行く。
　俺たちが唯一共存できるイベントは月１回の、この頭髪検査。
「芙祐ちゃん。呼び出しでしょ？　行こ」
「慶太くんも懲りないねー。行こー」
　弥生くんはこっちを見ないようにしてるけど、全身でこっちに注意が向いているのが丸わかりだよ。
　頭髪検査の指導も終わって、
「はー、今日もガミガミうるさかったね」
「先生も大変だよなぁ。俺らみたいなの相手にしてさ」
「相手にしなきゃいいのに」
　芙祐ちゃんは心底イヤそうだけど、俺は頭髪検査がないのは困るんだよね。
　芙祐ちゃんとの関わり、少しでも欲しいし。
　なんでもいい。どんなズルい手を使っても落としたいんだよね。本気で。
「そいえば慶太くん合コン行ったんだって？」
　一瞬、時が止まった。なんで知ってんの。
「まぁ……うん、無理やりだよ？　数合わせで」
　って、本当に数合わせで無理やり連れていかれたのに、

しどろもどろになって不覚にも動揺した。
「チャラーい」
「いや、本当だから」
「あはは。うんうん。でも、出会いは欲しいもんね」
　ニコニコしながらそんなこと言うってことは、俺が本気で芙祐ちゃんのこと好きだって、まだわかってない。
「俺は……」
　あーあ、態度で示すって言ったのに、合コンなんか行ってたら一発アウトだろ。
　激しく後悔……。誰だよ言ったの。
「今度はあたしも連れてってね」
「えー？　イヤだ」
「ひどーい。仲間外れしないでよ」
「でも俺がいない合コンに行かれるほうがイヤかも。変なとこ行くくらいなら連れていくわ」
「保護者みたい」
　けらけら笑うと、ふわり長い髪の毛が風に揺れる。
　……かわいい。
　楽しそうに笑う芙祐ちゃんのこと見ていると、
「……好きだなぁ」
　って心底思う。
「……だ、だから。慶太くんあんまりそういうの言わないほうがいいよ」
　あれ？　声に出てた？　……やっぱ。
　でもさ、芙祐ちゃんも、なんか動揺してない？

「俺は本気で芙祐ちゃんのこと好きだよ」
「だからー。もー、慶太くんはー。そういうノリはヤヨだけで十分だよ」
　……弥生くんだけで十分。なんだって。
　芙祐ちゃんてさ、ほーんと……。
「ムカつく」
「えっ」
「なんて言ったら通じる？」
　もうすぐ英文科と普通科の棟の分岐点。
　芙祐ちゃんの手を引いて、バランスを崩して俺のほうによろけたその瞬間。
「……んっ」
　芙祐ちゃんの唇を奪った。
「……え!?　え!?」
　芙祐ちゃんが、あたふたしながら唇を押さえている。
「俺のこと信じて。本気だから」
　芙祐ちゃんは真っ赤な顔をして俺を見ている。
　震える瞳。かわいい。

「こんなところでそんなことして、よく本気だとか言えるよな」
「……ヤ、ヤヨ」
　最悪。なんでいるんだよ。
「どうせ誰にでもすぐ手ぇ出してんだろ。あんまり女、からかうなよ」

弥生くん、ぶち壊しにしないでくれる？
　俺がいつ好きでもない女に手ぇ出したっていうんだよ。
「芙祐、行くぞ」
「いてててて。何すんのヤヨ」
　弥生くんはカッターシャツの袖口で、芙祐ちゃんの唇を思いきりぬぐった。
　グロスがべったりついた袖口も気にせず、芙祐ちゃんの手を引いていく。
「芙祐ちゃん。俺は手段を選ばないから。ごめんね」
　わかりやすいくらい真っ赤に火照る、その横顔。
　頬を赤く染める芙祐ちゃんをもっと見たいから。
　弥生くんにはこれ、できないでしょ？
　覚悟しててね、芙祐ちゃん。

あたしの価値観

「お前は隙(すき)がありすぎるんだよ」
「はいはい」
　ただいま説教され中。ご機嫌斜めのワンちゃんに。
　だけどね、正直、慶太くんのキスってなんか……。
「慶太くんて、やっぱり百戦錬磨(ひゃくせんれんま)なのかなあ？」
「は？」
「キス上手っていうか、ドキドキしたかも」
　久しぶりに、ときめいちゃった。不覚にも。
　たぶん慶太くんの必殺技を食らったんだよね。
　あ、ニヤけてた。
　そんなあたしに、ヤヨは呆れているみたい。
「……バカじゃねえの。お前みたいなヤツがああいうのに騙されるんだよ」
「何、その言い方ー」
　いつもどおり〝ほっぺびよーんの刑〟をしようとしたら、
　バシンッ！
　手を払われた。
「いい加減にしろ。……マジでムカつくから」
「……あ」
　ヤヨが先に行っちゃった。
　ヤバい、怒らせた。今の結構、怒ってたかも……。
　〝ほっぺびよーんの刑〟がイヤだったんだ。

怒りボルテージが徐々に上がって今マックスに……？
「ごめんヤヨ！」
　追いかけて、制服の袖口を引っ張った。
　あたしの唇をぬぐった、ピンクのグロスの跡が残ってる。
「……悪いけど、今、お前と話したくねえわ」
　そう言って、手を振り払われた。
　……完全に嫌われた。

「放課後、クラス委員またよろしくなー。以上」
　先生から悪魔のような通達アリ。
「……あ。きりーつ、礼」
　って、号令かけてる場合じゃないよ。
　今日、あれからヤヨと話してないのに。
　いつもなら「ほら、行くぞ」って、あたしの席に来るんだけど……やっぱり、先に教室を出ていっちゃった。
　行ったほうがいいのかな。
　むしろ、空気を読んで帰ったほうがいいのかな。
　仲直りのタイミングもわからない。
　だって友達とケンカとかしたことないし。
　平和主義だし。友達も平和主義だし。
　……。
　うーん、行こう。謝ろう。全力で。
　そう決めて、急いで教室の扉に触れた時、勝手に扉がガラッと開いた。
　あたしエスパー。

違った、慶太くんが開けたみたい。
「芙祐ちゃん。どうしたのそんなに慌てて」
　目、目が合わせられない、かも……。
「ちょっとヤヨ……ヤボ用が」
「……ふうん。じゃあ俺と一緒に帰らない？」
「って、聞いてた？　用があるんだよ」
「わかってるよ。弥生くんでしょ？」
「いや……えと、うん」
「弥生くんのところには行かせたくないなぁ」
　にっこり笑う慶太くん。
　その顔を視界に入れたら……ちょっと鼓動が速まっちゃったよ、不覚にも。
　言い訳だけど、あのキスのせいだから。付き合ってもいない人にされたのが、初めてだったから……。
　なんて、言い訳しすぎた。嘘、嘘。
　だって、うまかったんだもん。
　ドキドキしない女の子、たぶんいないよ。いや絶対。
　慶太くんに通せんぼされていたら、「通りたいんだけど」って、ヤヨがクラス分のノートを抱えて戻ってきた。
　早くヤヨに謝らなきゃ。
　そう思って口を開くより早く、
「早く来いよ」
　ってヤヨの手はあたしの腕を掴んだ。
　あたしはズルズルと引っ張られる。

いつの間にかヤヨの席の前。
「今日はダメみたいだね」
　　慶太くんは、さらに「残念」と言いながら笑うと、
「またデート誘うから。ばいばい、芙祐ちゃん」
「あ、うん。ばいばい」
　　手を振って教室から出ていった。
　　あっさりと。
「……やっぱり本気でもないのかな？」
「遊びだろ。慣れてんじゃん」
「うーん、そっか。……って、ヤヨが話してくれてるっ」
　　じーん、とした。ちょっと泣きそうだよ。
「ヤヨちゃんごめんね。今度から、ほっぺをびよーんとしないから」
「……んなことで怒んねえよ」
「じゃあ、なんで怒ってたの？」
「……いいよ。もう、別に」
「よくないよ、直せないじゃん。ヤヨとケンカなんかしたくないよ、あたし」
「お前のせいだろ」
「だから何に怒ってたの？」
「チャラチャラしたヤツに、すぐついていこうとする……そういうのが鬱陶しい」
「慶太くんのこと？　それで怒ってたの？」
「だいたいは」
　　『だいたいは』って、なんだそれは。

ヤヨってよくわからない子。
「それって、嫉妬？」
　ニヤリ、笑ってみる。
　……。
　って、あれ？
　『バカか、そんなんじゃねえよ』の声が聞こえない。
「……ヤヨちゃん？」
「そーかもな」
「え？　なんで。まさかあたしに惚れちゃった？」
　今度こそ突っ込んでくれる。
　あたしはいつもどおり、ニッと笑ったんだけど。
「それでいいんじゃね？」
　何事もなかったかのように、さらりと、そう言われた。
「え？　嘘でしょ？」
「いいから、さっさとノート配れよ」
　２人だけの教室で告白めいたことが起きたのに、どうして委員の仕事していられるの。
「ヤヨ、あたしのこと好きなの？」
　ぽかーん、としながら聞いたけど、
「芙祐さ、座席表の見方が逆だから。配り直し」
　持っていた座席表を、くるっと逆さまにされて流された。
　これは、黙秘っていうこと？
　黙秘は権利だからね。しつこく聞いたところで、返事だって持ち合わせていないからね。
　〝今のはなかったことに〟で正解なのかな？

ヤヨは、あたしのことを好きかもしれない。
　そう思ったら、いつものノリとかできなくて。ヤヨにベタ絡みするのも遠慮しちゃう。
　なんかちょっとつまんないような……。
　あたし、思っていたよりヤヨとふざけているのが楽しかったんだなぁ。
　もしかして、この悪ふざけを牽制(けんせい)するために「好き」ってことにしたのかな？
　あ、よくわかんなくなってきた。
　ヤヨの気持ち、全然わかんない。

「……はっきりしてほしー」
　休み時間に１人、窓の外に向かって呟いちゃったよ。
「芙祐ちゃん」
　その声に一瞬ドキッとした。
「慶太くん。移動教室？」
「そう。芙祐ちゃん眉間にシワ寄せてどうした？　考えごと？」
「うん……ちょっと」
　さっきまで頭の中はヤヨでいっぱいだったのに、慶太くん見るとドキドキしてくる。
　あたしって、慶太くんのこと好きなのかな？
　どうなんだろう？
「今日の放課後あいてる？　またカフェ行かない？　新メニュー入ったんだって」

「そうなの？　行きたいかも」
「さすかミーハー芙祐ちゃん」
「ミーハーなのは慶太くんじゃん」
「まぁね。じゃあ、また放課後」
　慶太くん。今日もいい匂い。アロンの香水。
　ふわふわ茶髪に少しパーマがかかっていて。オシャレでカッコいい。
「申し分ないよね」
　って突然、藍ちゃんがそう言った。
　あたしの心、読まれた。
　ていうか、いつの間に隣に来たの。忍びの者、藍。
「芙祐って、いったい誰が好きなの？」
「藍ちゃん」
「はー。ごめん、私は彼氏いるから」
　あ、振られた。
「この際ちゃんと考えて、幸せにしてあげなよ」
「慶太くんを？」
「誰かわからないけど、未来の彼氏さんを」
　幸せになるんじゃなくて、幸せにする、恋愛……。
「してみたいかも！」
「そのためには、真面目にね」
「はーい」
　藍ちゃんに言われたから、あたしは真面目に考えるよ。
　いつも真面目だけど、もっとね。

放課後には、慶太くんとカフェに行く約束をしているから、玄関で待ち合わせ。
　化粧直して、よし、おっけー。
「芙祐、帰んの？」
　身支度を終えたあたしにヤヨが問う。
「うん。今日は委員の仕事ないもんね？」
「久々にないよな」
　いつものようにあたしの隣を歩くヤヨ。
「化粧し直して、このあとなんかあんの？」
「うん……カフェに行く」
「あー……桜木慶太と？」
「うん」
　ヤヨの顔色をうかがったところ、ポーカーフェイス。
　やっぱりあたしのこと、好きじゃないのかな。
　しばし、沈黙。
　そうこうしていたら、玄関についた。
「じゃあ、またね、ヤヨちゃん」
　手を振るあたしを見つめて、ヤヨが立ち止まる。
「……ほんと芙祐って、誰でもいいんだな」
　ヤヨの呆れたような、冷たい目。
「……誰でもよくなんか……」
「今までだってそうだろ。適当に流されて付き合ってきたじゃん」
　あたしだって考えてるよ。
　付き合いたいか、付き合いたくないかくらい。

「あたしは……」
「本気で付き合えば、すぐ別れたりすぐ切り替えたりできないだろ」
　合わなかったら仕方ないから別れる。
　あたしは、それがおかしいとは思わない。
　引きずらないのは、あたしの主義だし……。
「そういう付き合い方してたら、お手軽に落とせそうって思われても仕方ないんじゃねぇの」
『お手軽』
　……ヤヨ、あたしのこと、そんなふうに思ってたんだ。
「うーん……へへ。お手軽かも、ね」
　唇を噛んで涙を堪えた。
　靴を履いて、下駄箱の蓋を閉める。
「じゃあね、ヤヨ。ばいびー」
　なるべく明るい声で手を振った。
　顔をそらしてヤヨの前を横切る。
　今にも溢れそうな涙は完璧に隠した。
　ヤヨなんか、見たくない。
　小走りで向かう、玄関の先。もっと先。
　あたし好みの茶髪で、いい匂い。
　いつも優しくてニコニコの慶太くん。
　その後ろ姿、制服を掴んだ。
「わっ、びっくりしたー。って、泣いてる？　芙祐ちゃんどうした？」
　優しい手。ほら、髪の毛を撫でてくれる。

「……や、ヤヨなんか、嫌い」
「え？　どうした？　ケンカでもした？」
　化粧ぐちゃぐちゃになるじゃん。
　せっかく直したのに。
　全部全部ヤヨのせい。嫌い。大っ嫌い。

「落ちついた？」
「取り乱してごめん」
「ははっ。突然ポーカーフェイスにならないでよ。慰め甲斐がないじゃん」
　慶太くん、そんなこと言って。
　さっきまで、いーっぱい慰めてくれたから涙が止まったんだよ。
「切り替え早いって、いけないことかなあ？」
「なんで？　全然悪くないでしょ。器用にできるんだろうなって俺は思うけど」
「慶太くんは別れたあとの気持ちの切り替え早い？」
「どうだろうなー。でもいつまでもネチネチはしないな」
「そっかぁ」
「いろいろな人がいるからね。価値観なんか違って当然じゃない？　正解だってないよ。とくに恋愛は」
「うん。さすが、グローバルなところで生きてきただけあるね」
「芙祐ちゃんは芙祐ちゃんのやり方でいいじゃん。自分のことなのに、まわりまで気にする必要ないよ」

「慶太くん……」
「おいしいもん食べて忘れようよ。な？」
「うん」
　慶太くんのおかげで、新メニューの味がわかってきた。
　おいしい、これ。
　採算が取れてるのか心配になるほど、豪華フルーツいっぱいのプリンアラモード。
「うんうん、芙祐ちゃんは笑ってないと」
　うれしそう。慶太くん。
　あ、発見。
　あたしが笑うと絶対に笑ってくれる。
　そんな慶太くん見ていたら、胸の奥が、きゅんとした。

放課後の彼女

　翌朝、学校についた。
　いつもとは違う。遅刻せずホームルーム前に到着。
　あたしからヤヨに、何事もなかったかのように挨拶すれば、きっと気まずくならない。
　廊下で窓の外見ながら、さりげなく待ち伏せ。
　そしたらちょうど外をヤヨが通って、こっちを見上げた。
　バチッて音が鳴りそうなほど目が合っちゃったから、反射的にそらしちゃった。
　……失敗したー……。
　リベンジ、挨拶。
　ヤヨが見えたと同時に、
「おはよーヤヨ」
　って何事もなかったように。
「……おはよ」
　ヤヨは、さっと教室に入っていった。
　仲直りしたい側のはずなんだけど、腑に落ちないというか謝ってほしいというか。
　まぁ……いっか。うん。そうだ、よしとしよう。

　1日が終わって、放課後の委員の仕事も何事もなく普段どおり。
　……だったのに、やっぱりヤヨはいい子だから。

「あのさ……、昨日は悪かった。ごめん」
「いや、全然。なんとも。あたしの価値観が無理なのは元からわかってるし……ね?　へへ」
　ホッチキスでパチンと留める。
　今日は四隅ちゃんと揃えてるよ。
　今、怒られたらへコみそうだからね。
「無理っていうか、そうじゃなくて。ごめん、マジで口がすべったっつうか」
「まーったくひどいよね。『好きだ』みたいなことを言った相手に、ボロカス言うんだもん」
　ふざけて返しても、「ごめん」って。
　ごめんの星からやってきたな、ヤヨめ。
「ヤヨのさ、『あたしのこと好き』っていうのも冗談でしょ?　昨日のでわかったし、逆に一気にスッキリしたよ」
　かえってよかった。
　って、にっこりピース。
「そうじゃないから」
「え?」
　しいん……教室に一瞬の静寂。
「それってどういう……」

「弥生ー、さっき外でお前のツレが待ってたけど」
　こんな大事な話の途中で、クラスメートのやーまーだー。
「え?　誰?」
「こんくらいの髪の長さの女子」

って言いながらジェスチャーする髪の長さは、ショートなのかロングなのか……わかりづらすぎ。
　雑だよ、山田。
「ふーん、まあいいや、さんきゅ」
　ヤヨも突っ込むのすらやめたよね。
　まったく大事な話の途中だったのに、ヤヨは何を考えてるんだろ。
　わかんない、わかんない。
　もー、考えるのやめた。

　自転車を押しながらヤヨと正門まで歩く。
　気まずい沈黙が漂っていたから、抹茶チョコを２人で食べ始めた。
「……うま」
「でしょ。ビターテイスト。新発売」
「さすがミーハー」
「せんきゅ」
　正門に差しかかる時。
「……やっちゃん！」
　女の子の声。
　その方向を見れば、セミロングのサラサラつやつやの黒髪。小柄で華奢な体。
　ワンピースタイプの制服だ。
　たしか、お嬢様高校の制服だったような。
　お目々パッチリ。白い肌、小さな赤い唇。正真正銘の美

少女。
　……この子、ヤヨの元カノだ。
　麻里奈ちゃん。
　ミラクルかわいいお人形さん。
「麻里奈。どうしたん？」
「……ちょっといいかな？」
　控えめにあたしを見つめる目が……、小動物のような目が……カワイー。
　あ、見惚れている場合じゃなかった。
「っと……、じゃあまたね。ばいびー」
　自転車に乗って手を振りながら２人を見たら、すっごいお似合い。
　ヤヨの麻里奈ちゃんに話しかける落ちついた雰囲気も、まるで現在進行形のカップルじゃん。
　素敵な２人を見たのに。
　……もや。もやもや。
　って、お腹の奥でざわめく気持ち。
　なんだろう、この気持ち？

　この日からヤヨは、放課後、毎日のように麻里奈ちゃんと待ち合わせていた。
「なんだったんだろう」
　あの告白みたいなのは。
　やっぱりからかわれてただけ？
　そっか、なーんだ。

「ヤヨのバーカ」
「なんだよいきなり」
「べっつにー」
　もういいや、いつもどおりで。
　考えるのも、もったいないもん。バカヤヨちゃん。
　放課後の委員の仕事をしながら、２人きりの教室。
　外は雨。黒い雲が空を覆う。
　今日は麻里奈ちゃん、ヤヨのことを待ってないみたい。
「うわ、間違った」
「はい、修正テープ」
「ありがと。つか、すげえ雨だな。帰れんのかこれ」
　ほんとだ、すごい雨。
「ヤヨちゃん、今夜は帰さないよ？」
　あたしにんまり、ヤヨを楽しむ。
「……のくせに」
「なんか言った？」
「お前さ」
　修正テープを返すヤヨの手に手を伸ばしたら、
　──カラン。
　修正テープが床に落ちたと同時に、ヤヨが、ぐっとあたしの手を引き寄せた。
「わ……っ」
　座っていたイスから机に身を乗り出す形で、体ごとヤヨに近づく。
「……」

めっちゃ……近いんだけど。
　思わず目をそむけた。
「……その冗談、マジにしてやろうか？」
　ヤヨが目の前でオオカミに……。
　ワンコからオオカミにレベルアップ。
「そういうの、間違っても桜木慶太にするなよ」
　そう言って、あたしを解放した。
　ど……ドキドキ。
　ドキドキドキドキいってるんですけど。
　ヤヨちゃん、もしかして実はドＳだよね？
　前から気づいてはいたけども。
「ヤヨちゃん、今のカッコよかったよ」
「……はぁ？」
「Ｓっぽくて、いい感じ？」
「……うざ。はー。このクソ女」
「そんな言葉、どこで覚えてくるのー」
　ヤヨの口元に指を近づけバツ印を作ったら、ぺしって手をはねのけられた。
「はーーーー……」
　って、ヤヨのながーいため息。
「まーた幸せ逃げたよ？」
「芙祐が逃がしたんだろ。責任とれ」
「ヤヨちゃんの幸せ戻ってこーい」
　頭ナデナデしたら、また怒られた。
　でもね、ちゃーんと最後には、

「ほんとにお前は……」
　って、呆れながらも楽しそうに笑うんだよ。ヤヨは。
　ヤヨといると楽しいよ。
　やっぱり、恋愛のいざこざ、好きだの嫌いだの、麻里奈ちゃんだの。
　そんなのぜーんぶ忘れてたほうが、たぶんあたしたち、楽しいんだと思う。

　文化祭まであと１週間。
　委員の仕事も忙しくなりつつあるのに、ヤヨってば麻里奈ちゃんと毎日待ち合わせしてるから、いっつも巻きで終わらせている。
「麻里奈ちゃんのこと好きなの？」
　何度もそう聞くけど、
「そういうんじゃない」
　の、一点張り。
　お似合いの２人を毎日見ているとね、なんか、もや……もやもや……ってするの。
　だから最近は一緒に帰るのやめた。

　ある日の放課後、慶太くんと廊下でばったり鉢合わせ。
　多目的スペースのベンチで、のんびり、ほのぼのジュースタイム。
　正門でヤヨを待つ、麻里奈ちゃんが見えた。
「最近、弥生くん、彼女できたの？」

「あの子はヤヨの元カノなんだよ。付き合ってはないみたいだけど」
「最近、しょっちゅうあの子が正門前にいるのを見るけど……。へぇ、なんだ。付き合ってないんだ」
「別れたあとも仲いいみたいだよ」
「それこそ、俺らにはよくわかんない価値観だね」
「たしかにそうだよね。いい思い出だけ頭に残っていれば満足しちゃうなぁ、あたし」
「それ、前も言ってたね」
　2人で、のほほんとお茶をしていたら、「芙祐ー」って、リコの登場。
「あらリコちゃん、ジュース飲むー?」
「飲むーっていうかさ、芙祐って明日、暇だよね?」
　断定されちゃってるんだけど。
「暇ー。かまってリコちゃん」
「だと思ってー。前に『合コン行きたい』って言ってたじゃん。ご用意しましたあー」
「はー? リコちゃーん。芙祐ちゃんのこと変なところに連れてかないでよ」
　あたしがリアクションとるより早く、慶太くんがブーイング。
「え? 慶太くんも行くって聞いたけど」
「そんな予定ないよ?」
「慶太くんの前のバイト先の先輩が、慶太くんも連れていくって言ってたよ? そしたら女の子も集まるだろって」

「……寝耳に水なんだけど」
　慶太くんが、げんなりしている。
　これは、よくあるパターンなのかな？
　先輩からの急なお呼び出しってやつ。
「まぁいいや。芙祐ちゃんが行くなら行くよ」
「芙祐、断らないでね！」
「あはは、強制参加だ。いいよ。あたしも行く。前に連れてってって言ったのあたしだし」
　合コンには懲りたはずなのに、時とともにそれを忘れたあたしの好奇心ね。
　ま、華のＪＫだから仕方ないよね。

2回目の経験

　今日の合コンは、夜の7時から。
　化粧して、髪の毛巻いて、この前買ったばかりの白地にネイビーの花柄ワンピで行こう。
　夜から寒いから、薄手のショート丈のニットを着て。
　ちょっとわくわくしながら、電車で1駅。
　今日の合コンは駅前の居酒屋らしい。
「芙祐ーこっちこっち！」
　リコは、やっぱりピンクと白コーデ。
　かわいい。よく似合うよ、マドモアゼル。
「高校生が居酒屋って大丈夫なの？」
「ヘーキだよぉ。相手は慶太くん以外みんな大学生だしー。ここの個室いい感じだよー」
　お店に入って部屋に案内された。座敷席。
　メニューがいっぱいあるみたい。
「おいしそー」
「慶太くんばりのイケメンいるといいねー」
「そーだね」

「じゃあ、かんぱーい」
　「おつかれー」って、疲れてないけどグラスを交わす。
　もちろんジュースだよ。未成年だからね。
　今日のメンバー、レベル高いかも。

「どう芙祐ー？　誰、狙う？」
　隣のリコちゃんが耳打ちする。腕利きのハンターめ。
「リコはー？」
「リコはねー」
　テーブルの下で一番左の人を指さしている。
「あーたしかに。リコ好きそう」
「芙祐は、やっぱり慶太くん？」
「わかんないよー」
　先輩にふざけて絡まれている慶太くん。
　困りながらも笑っている。
　あの笑顔は好き。
　……うん、この中なら慶太くんがいい。
「失礼しまーす」
　店員さんが、ドリンクを持ってきてくれた。
　ドリンクを受け取ろうと、手を伸ばした時。
「……芙祐？」
　その声に見上げればヤヨがいた。
　お店の黒いTシャツには名札がついていて、【ヤヨイ】って書いてある。
「あー弥生だー。ここでバイトしてたんだー？」
「なに……また合コンか？」
「そーだよー」
　って、リコがピース。
「……。あっそ。今日、合コンしてる客が多すぎ」
　一番ヤヨに近い場所にいたあたしの目の前にウーロン茶

を差し出すと、
「どーぞ、ごゆっくり」
　そう言いながら、ガチャンッと、乱暴にグラスを置いた。
「ヤヨちゃん、また反抗期ー？」
「うるさい」
　バシンと扉を閉めちゃった。
　みんなわいわいしているから気づかなかったみたいだけど、店員としてあるまじき行為だからね。
　次やったらげんこつ。
　でも、これ以降ヤヨがこの部屋に来ることもなく、合コンももう１時間がたって、大学生たちはお酒が回ってきたのかな。さっきよりテンション高く見える。
　席替えタイム。
　合コンっぽいんだけど。
　「俺こっち行くわ」とか。そういう男子のリード、いーらない。
　お向かいの斜め右で、先輩に絡まれてるキミ。
　そう、キミ。
「お隣いーい？」
　あたしにっこり。
　ちょっとの間のあと、
「喜んで」
　って慶太くん、うれしそうに笑う。
　慶太くんの隣、安心感はなまる。
　あたし、酔っ払いの相手とか向いてないみたい。

「なんかやっとのんびりできるかも」
「かわいいこと言うね」
「へへー」
　あ、このザクロジュース超おいしい。リピ。
「おいしそうに飲むね。それ何？」
「ザクロ。飲む？」
　ストローを口元に運んで、どーぞって。
　ヤヨちゃんなら「自分で飲めるから！」って怒るとこだけど、慶太くんはちゅーちゅー。
　どう？　おいし？
「おいしいね」
　ニコニコ慶太くん。気に入ってもらえてうれしいよ。

　ほのぼのと慶太くんの隣だったのに、3回目の席替えで先輩たちの言葉で別の人の隣の席になった。
　20才。Y大生。
　軽度の酔っ払い。
「芙祐ちゃん本当かわいいよね。モテるでしょ」
「モテないですよ。ずっと彼氏いないし」
「意外ー。いつから？」
「4月から」
「そんなにたってないじゃん！」
　笑われた。
　4月から9月までいないんだよ？
　かなり長いと思うけど……。

「慶太のことどう？　いいヤツだよ。気が利くし」
「いい人なのはわかるけど……。いっつも優しいし」
「ただなー、付き合い方がなあ。マメじゃないっつうか、女心に合わせてやらないっていうか。適当というか」
「へぇー。でも、あたしもマメじゃないですよ」
「束縛されたとかですぐ別れてたし、根性がないんだよな」
「あたしも根性ないかも。束縛されるのイヤな気持ちわかっちゃう」
「……へぇーえ？」
　Y大生がニヤニヤしてる。
「なんですか？」
「慶太のことフォローしちゃって。好きなんじゃねえの？　さっきも慶太の隣にずっといたし」
「……好きなのかなぁ？　どうだろう」
　いいなって思うところいっぱい、たしかにある。
　でも、人ってそういうもんっていうか。
　みんな長所なんかいっぱいあるじゃん。

　合コンの場も落ちついてきたころ。
　あたしの隣の盛り上げ役のY大生が、注文を追加した。
　みんなのドリンクと料理。何、頼んだんだろ？
　ウーロン茶片手にボーッとしてたら、隣のY大生があたしに小声で問う。
「芙祐ちゃん、リコちゃんって本当に彼氏いないんだ？」
「リコ？　いないですよ」

ふーん、って表情が和らいだところ申し訳ないけど、リコちゃんは今、話してる人狙いなんだよね。
　でも頑張れ、Ｙ大生。
　慶太くんは大学生と男同士の話をしてるみたいだし、あたしは恋愛相談みたいなことになってるし。
　これ合コンなはずなのに、みんな自由というか。
　いい感じなのリコくらいじゃない？
　頑張れリコ。両手に花だよ。

　ちょっと暇になってきたころ。
「失礼しまーす」
　店員さんが扉を開けた。
　男の店員さんの声。だから、バッと見上げたけど……なーんだ、ヤヨじゃないや。
　なーんだ、って、がっかりしてるけど。
「みんな盛り上がりに欠けるから。ロシアンルーレット頼みましたー！」
　Ｙ大生がテーブルの真ん中に、タコ焼きの乗ったお皿をどかんと置いた。
「ロシアンルーレットって、ハズレには何が入ってるの？」
「さぁ？　めっちゃ辛いらしいけど」
　Ｙ大生の狙いは成功だと思う。
　みんなできゃーきゃー（文句とか）言いながら、盛り上がりつつ好きなものをお箸で取った。
　あたしが取ったタコ焼きは、ザ・タコ焼き。

見た感じ怪しいところなし。絶対大丈夫。
「はい、せーの！」
　ぱくん、とひとくち。うん、大丈夫。
　だいじょ……ばない‼
「んんんー‼」
　さすがに出せない。人様の前でそんなことしたらお嫁にいけないからね。
　目の前にあるグラス。お水！　お水！
　一気に飲み干して、残るのは唇と舌の痛み……。
　……だけじゃない。じわじわと熱い。お腹。それと喉。
「芙祐ちゃん……それ俺の芋焼酎(いもじょうちゅう)……」
「はぁぁぁー……めっちゃお腹熱いし、まずーい」
「……大丈夫？」
　すぐ隣に来てくれた、慶太くん。
　差し出されたウーロン茶を飲んだ。
「ヤバい、初めてお酒飲んじゃった」
「初めて？　じゃあ酒に強いかどうかもわかんない？」
「わかんないけど、たぶん大丈夫……」
　なんか頭ボーッとしてきたけど、なんかほっぺめっちゃ熱いけど。
「ふぃー……」
「酔ったね」
「酔ったな」
「酔ってる」
「みんなうるさぁーい」

あー、まぶた重く感じてきた。
「暑い……」
　ノースリーブワンピの上に着ていたニットを、ポイッて脱いだ。
「わ、芙祐だいた〜ん」
「芙祐ちゃん。着とけって。寒いでしょ」
「大丈夫」
　壁にもたれて、ぼけーっとして、みんなのやり取り見てたら超面白いんだけど。
「あははっ」
「酔ったね」
「酔ってるね」
「酔ってないよー……そんなにー」
「芙祐ちゃん、もうちょいウーロン茶飲もうか」
　慶太くんがあたしの隣でお茶渡してくれるんだけど、お腹いっぱいだから飲めないよ。
「ありがとぉー。慶太くん」
　優しいな。やっぱり。
　そんな彼の顔、よく見えない。
　ピントが合わない。目、ごしごし。
　近づいたら、やっとピント合った。
「慶太くん、いい匂い」
　寄りかかりながら、じーっと慶太くんを見てたら、
「……芙祐ちゃん」
　慶太くんが、そっぽむいちゃった。

「酔ったねー？」
「芙祐ちゃんだけだって」
「なんかさみしー……。慶太くんも酔って？」
　部屋の端っこ。
　ぺたり、慶太くんの胸に手を置いた。
　なんとなく、置きたかったから。
「……。かわいすぎだから」
　ぷいって、また顔そらす。
　せっかくキレイな顔、見てたのに。こっち向け。
　向かい合って座って超見てたら、
「見すぎ」
　やーっと、こっち見てくれた。
「へへー」
　慶太くんが、あたしを支える腕の中。
　にこって笑うと、髪の毛くしゃくしゃにされた。
「何すんのー、ヤヨみたい」
「弥生くんみたいかぁー。なんかイヤだな」
「んー？」
「酔ってると本音が出るよね。ズルいこと聞いていい？」
「どんとこーい！」
「ははっ。じゃあ、質問ね。芙祐ちゃんって弥生くんのこと好き？　恋愛の意味で」
「ヤヨと恋愛ー？」
　レンアイかー。恋愛。
　……。

それにしても本当に暑いなぁ。
「慶太くん、お手洗いどこだっけ」
「ははっ。話変えるんだ。連れてくよ」
「やだよー」
「じゃあリコちゃんに連れてってもらおう？」
「リコ、イイ感じなんだから邪魔しちゃダメ」
　慶太くんを部屋に無理やり置いて、部屋を出て適当に歩いた。

　トイレ発見。の前に、通りがかりに自動ドア発見。
　ドア、開いた。
　……すずしー。
　お店の外の駐車場。あー、めっちゃ気持ちいいかも。

天然の悪魔

【弥生side】
「っと〜、麦ロックと生と」
　呑気に注文承ってる場合じゃねえんだけど。
　なんであいつ、合コンしてんだよ。
　しかも桜木慶太もいるし。
　メンツからして意味不明だろ。
　注文をハンディに打ち込んで、料理を出して。
　いやマジで、こんなことしてる場合じゃねえんだけど。
「弥生ー、どうかした？　これ30番の部屋ね」
「あ……はい」
　これ持っていくの芙祐のいる部屋の隣の部屋だ。
　運び終わってから、芙祐の部屋の前を通ったら、桜木慶太に止められた。
「弥生くん。トイレってどこ？」
「突き当り、右からの左らへん」
「ありがと。……大丈夫かな」
『……大丈夫かな』
　って、何が。
　キッチンに戻る途中、自動ドアが閉まる寸前。
　一瞬、あいつの後ろ姿に見えたような。
「……芙祐？」
　やっぱり芙祐だ。

なんであんな薄着なんだよ？
　まさかなんかされた!?
　不安がよぎる。急いで店を出て追いかけた。
「芙祐！」
　細い腕を掴んだ。
「……え〜？」
　トロンとした目。
　駐車場のライトに照らされた赤い頬。
「……お前、なに？　酒飲んだ？」
「あつーい」
「いや寒いから。風邪ひくだろ。中に戻るぞ」
「ちょっとだけー」
「はぁー？　じゃあ……ちょっと待ってろよ」
　走ってキッチンへ。
　俺、今日まだ休憩も取ってないし。
　水と上着を持って、みんなに「休憩します」の一言を伝えてから再び外に。
「芙祐。ほら」
「ありがとー、やっぱ寒くなってきたところだったんだよ」
「だろうな。俺でも若干寒いし」
　バイトの制服、薄手のロンTを掴まれた。
「じゃあ、お礼に温めてあげよーお」
　腕を、ぎゅっと抱きしめられた。
「いいから。やめろ」
「ふぅー……」

「マジで酔いすぎだろ。なんで飲んでんだよ。捕まるだろ店が」
「間違ったのー。お水と、お酒？」
「バカじゃねえの」
「初めて飲んじゃったよ」
　本当にヤバい。酔いすぎ。
　くたっと俺にもたれてきた。
　腕を抱きしめられたまま、潤んだ瞳、俺を見上げる。
　赤い頬と、少し開いた唇と。
「水飲め、これ全部」
　直視できねえ……。ズルいだろ。普通に。
「ありがとう……優しいなぁ」
　ぎゅっと腕に力が入る。これ以上くっつくな、泥酔女。
「いいから、離せって」
「えー、邪魔者扱いだ」
「そうじゃないから」
「お水飲んだよー」
「マシになりそうか？」
「うん。ありがとう」
　にひひーとか言って笑って、とろんとした目はたまに閉じる。
　……ダメだこいつは。
「俺はもう少し働かないと帰れないからな……。バイト終わったら家まで送ってくから、少し待ってろ」
「1人で帰れるよー」

「無理だろ。つーかダメだから」
「えー?……本当に優しいなぁ」
　俺を見上げて笑う芙祐。
　その隙だらけの芙祐に、なんでこんな緊張してんだ。
　いつもこうやって、のほほんと他人の心拍数を上げるんだ、こいつは。
「なんでさぁ……そんなにいつも優しいの?」
　駐車場前のベンチに座らせると、俺の肩に寄りかかった。
「そういうとこ、好きだなぁ……」
　めちゃくちゃ小さい声に、ドキッとした。
「……酔っ払い」
「ね、さっきの話のね、続きだけど」
「さっきの話?」
　何か話してたっけ?
「ヤヨのことは、友達として大好きなんだよ、あたし」
「……友達として、うん」
「恋愛とか、そういうのしたら、楽しくないと思うんだ。ヤヨのこと大好きだけど、恋にしたらダメなの」
「あー……そ」
　なんでいきなり、俺、振られてんだよ。
　わかってたよ。友達として好きだとか。
　そんなことくらい。
　もし告っても、本気の恋として付き合ってもらえるとも思ってない。
　お前のことなんかわかってる。

だからずっと芙祐への気持ち、ごまかしてきたんだから。
「ねー、慶太くん……」
　……慶太くん？
　掴まれてた腕を振り払い、芙祐の目の前でパンッと１回、手を叩いた。
「ふざけんな。お前、俺と桜木慶太、間違えてんだろ」
「えー？　うん。なんか眠い……」
「寝、た……。信じらんねぇ……」
"ヤヨのことは友達として大好き"
"恋にしたらダメなの"
　芙祐の本音。
　……最悪だろ、こいつ。
『そういうとこ、好きだなぁ……』
　芙祐は……桜木慶太が好きだ。
「……起きろよ、バカ」
　起きる気配がまるでない。
　仕方ねぇ……。
　芙祐を担いで、もともといた部屋に連れていく。
　芙祐を見つけた途端、桜木慶太が安堵のため息をついた。
「芙祐ちゃん、寝たの？」
「起きないんだよ。送ってやってくれるか？　俺まだバイト中だから」
「ありがとう、弥生くん。助かった」
　最悪。マジで最悪、あの泥酔女。

キッチンに戻っても、さっきの言葉が頭の中で繰り返される。
　──ヤヨちゃん。
　ニコニコ笑って平気でベタベタしてきて、『友達なの』ってふざけんな。
　って、全部八つ当たりだけど。
「はぁー……」
"幸せ逃ーげた"
　……悪魔。

ケンカの理由

　あの酔っ払い事件から、無事に朝を迎えました……。
「すみませんでした」
　学校につくなり、リコちゃんに朝一で平謝りした。
「芙祐ヤバかったよね〜。ウケるんだけどー」
「慶太くんにも謝りに言ってくる……」
「っていうか、慶太くんより弥生に謝んなよ〜」
「ヤヨ？　なんで？」
「なんでって、覚えてないの？」
「ヤヨは働いてただけじゃないの？」
「弥生が脱走した芙祐を連れ戻したんだよ？」
「あたし脱走したの？」
　犬かな。猫かな。穴があったら入りたい……。
　とにかくヤヨに謝んなきゃ。
　あー、ヤバい。思い出せない。
　んーと、外には行ったよね。
　それで慶太くんと涼んで……。
　ん？　ヤヨ関係なくない？
　腕を組みながら、首をかしげる。

「何うなってんだよ」
　後ろからポコッと頭をはたかれた。
「あ、ヤヨ。おはよう。昨日はごめん」

「覚えてんの？」
「いや……全然……。今リコに聞いて……ごめん」
「いいけど。お前一生、酒飲まないほうがいいよ」
「……はい……」
　何をしたんだ、あたし。
「ねぇ、あたしヤヨになんかおかしなことした？」
「してないよ。気にすんな」
　あー怖い。すごく怖い。
「あたし、一生お酒飲まない」
「誓って」
「……はい」
　ヤヨは、ぷいっと目をそらして教室を出ていった。
　なんか……心なしか冷たい気がする。
　しかも、あの優しいヤヨちゃんが、露骨に態度に出すなんて……。
　時間の神様、あの日に戻して。そしたら現世も来世もなんでもするよ、あたし。
　……反省。

　この前の一件から、どうもヤヨとギクシャクしたまま10月が差し迫る。
　10月といえば文化祭。
　模擬店は、話し合いの結果、焼きそばの屋台で決定。
　みんなわかってるのかな。外って寒いのに。
　でも、民主主義には敵(かな)わないよね。

数学の授業。
　寝てる人いっぱい。
　あたしもその1人になりかけて、うとうと。
「じゃあ、ここの解は？　坂木弥生」
　しーん、とした教室。
「……わかりません」
　ヤヨの声。
　え？　って思わず顔を上げちゃった。
　だって数学マニアなヤヨが、『わかりません』だなんて。

　休み時間になって、すぐにヤヨの席へ。
「ヤヨ大丈夫？」
　おでこに手を当ててみたら、
「何すんだよ」
　って振り払われた。
　お熱ナシ。
「どうしたの？　数学マニアなのに。あ、糖分不足？」
　ポケットに常備している飴ちゃん。
　あげるね。
「はい、あーんして」
　いつもどおり手で取られたよ。
「……はぁ」
「なんで人の顔を見てため息つくのー」
「もうお前、向こう行って」
「……ねぇ、あたし本当に何したの」

まさかヤヨを襲った？
　そんなまさか。
　ヤヨの手がシッシッてあたしを追い払う。
　ひどいのはね、他の女の子が「弥生ー！」って近づいても普通に優しく話してるところね。
　ほんとモテるよね。背も高いし、カッコいいもんね。
　意地悪だけどね……なんで怒ってるのか教えてくれないけどね。
　ヤヨには完璧に嫌われてる真っ最中だけど。
　時ってのは待ってくれないし。
　文化祭の準備も、なんだかそっけない。
「ヤヨ、これはどうする？」
「あー……置いといて。あとでやっとくから」
「……はい」
　何やらかしたか覚えてないあたしも悪いけどね。
　そーんな引きずることないじゃんね。
　ほっぺ膨らませて、ヤヨの後ろ姿を睨んでみる。

「芙一祐ちゃん」
　後ろから肩を叩かれて、振り向くと慶太くんがいた。
「ぶは！　何その顔！」
「逆ギレの顔だよー」
「逆ギレ？」
「そーなの。ヤヨがあたしに怒ってるんだよね、ずっと」
「なんかしたの？」

「……ほんと、何したんだろうねー」
　いくら頭を抱えてもわかんないけどね。
　だからもう思い出さない。
　前を向いて生きるタイプだからね、あたし。
「……落ち込んでるね。芙祐ちゃん」
「ちょっとね」
　いつもみたいに話できないんだもん。
　避けられるし。嫌われてるし。
　あ、自分で言ってて悲しくなってきた。やめよう。
「元気だして」
　って頭をポンポンされた。
　チャラい。
　そうだ、チャラいんだ、慶太くんは。
　だから、にこっと笑う慶太くんにドキドキするなんてことは……。
　ダメ、絶対。
　騙されるな、あたし。

自分の気持ち

「藍ちゃん。大変」
「どうしたの？」
「お手紙もらったよ。知らない男子から」
「嘘ー!?　どこの誰？」
「えっとね……」
「それ没収していい？」
　って、突然手紙を取り上げられた。大きくてキレイな手。慶太くんだ。
「どうしたの慶太くん。普通科に用事？」
「次、外で体育だから。通り道」
　いいなぁ、体育。混ざりたーい。
　って、そうじゃない。
「手紙返して」
　人様の文章をさらすような悪党じゃないからね、あたし。
「芙祐ちゃんモテるね」
　ポンッと手紙が返ってきた。節度ある人、慶太くん。
「慶太くんなんかいつももらってるでしょ」
「手紙はないなあー」
「みんなデジタル派かぁ」
「うんうん、でも手紙ってなんかうれしいよね」
　そう言う藍ちゃんの笑顔、眩しい。
「藍は匠くんからもらうんだ？」

「たまーにね。ほとんど無理やり書いてもらってるんだけど……」
　幸せ者め。
「いいなぁー。あたし彼氏から手紙なんかもらったことないよー。ちょっと憧れるかも」

　文化祭の前日。
　授業は午前で終わり。
　午後は焼きそばの準備で大忙しだった。
　めっちゃ働いたからね、あたし。
「ヤヨちゃん、これは？」
「それはやっといた。こっち頼むわ」
　ヤヨはあたしの３倍働いてたけどね。
　あたしのクラスは外が売り場になる。
　みんなは外で準備中。
　あたしは効率よく早く帰れるように、こっそり中の片づけを先にしておくことにした。
　ちょっと荒れ放題……？
　藍ちゃんを召喚しようかなって思ってたら、トントンッて音がした。
　音の先、教室のドアのほうには慶太くんがいた。
　いつもその人影が視界に入ると、ドキンッてなる。これって気のせいじゃないと思う。
「１人？　手伝うよ」
「ありがとう」

床に乱雑に置かれたペンキ。
　ひっくり返したら危ないなあ。
　こんなのうちのクラスのリスクマネージャー、藍ちゃんが見たら絶対怒るよ。
　そう思いながら持ち上げると、
「それは俺がやるよ。芙祐ちゃん汚れたら困るでしょ」
　そう言って、ペンキを片づけ始めた。
「体操服だもん、汚れても大丈夫だよ」
「いいから。甘えてよ」
　にこって笑う、いつもの優しい笑顔。
　慶太くんって、気づかいとか、ストレートでいつもわかりやすいよね。
　思ったまま言葉にしてくれるから。
「ありがとう。ほんとに優しいよね」
　だから、あたしもそうするね。
　ぜーんぶ、直球。
　チャラいとか思うことあるし、もちろん。
　慣れてるからだとは思うけど。
　悔しいけど……あたしたぶん、そういう直球、好き。結構好き。
　回りくどいのとか、よくわかんないもん。

「はー、終わったね」
「手伝ってくれてありがとー。おつかれー」
　手と手、ハイタッチ。

ついノリでやったのに、なんかドキドキが残るよね。
　教室の後ろのロッカーにもたれて、2人でボーッと、キレイになった教室を見てたの。
　そしたら慶太くんが、
「芙祐ちゃん」
　あたしの名前を呼んで、まっすぐ目を見つめた。
　茶色がかった澄んだ瞳。優しい顔立ち。いい匂い。
「……な、なに？」
　見惚れる前に目、そらすね。
　うん、嘘。もう見惚れたかも。
　慶太くんは、くるりと後ろを向いた。
　そして、すぐ背にある後ろの黒板から、短くなった白のチョークを取った。
「らくがき？」
「……芙祐ちゃんもなんか描く？」
「あたしねー、うまいよ」
　黒板に、人気の猫のキャラクター。できあがり。上出来。
「ぷはっ。ヘタくそ」
「えぇ？　嘘。うまくない？」
「俺が知ってるキャラと違うんだけど」
　お腹を抱えて笑う慶太くん。
　慶太くんはチョーク持ったのに、なーんにも描いてない。
　あたしの絵に魅了されてる場合じゃないぞ。
　あたしがまた1つ落書きをしてたら、慶太くんが黒板に白いチョークをこすった。

その様子を見てたら、横に１本棒を引いただけで、やめちゃった。
「……あんま見ないでよ」
「あたしの絵を見たあとで照れることないよ」
「……ははっ」
　笑いながら、続きを書き始めた。
　ひらがなの、【す】。
　いったん、チョークが止まった。
「……す？」
　また動き出す、白いチョークを握る指先。
　ひらがなの、【き】。
　黒板に残った……【好き】の文字。
　慶太くんは、カランとチョークを落とすと、
「やっばいマジ無理！」
　って片手で文字をこすって消した。
　す、き、って。
「……あ、あの」
「ごめん。忘れて。めちゃくちゃ恥ずかしいことした」
　あ、慶太くん、顔が赤い。
　あたしもね、とっくに真っ赤だよ。
　お互い黙り込んで、あたしは床を見つめてる。
　慶太くんのほうは、ちょっと見れない。
「芙祐ちゃんが手紙がいいって言うから、無理した。事故」
「……手紙じゃないじゃん」
「手紙なんか残るだろ。いやもう、ほんと忘れて、お願い」

腕で赤い顔隠す仕草。
　ドキドキドキドキ、どうしたらいいの？
「……て。手紙よりうれしいかも」
　【好き】の文字が消された白いあと。
　チョークをきゅって握りしめた。
　その上に重ねて書くとすれば、同じ【好き】の文字。
　あたしは真っ赤になったまま。
「あたしも事故っちゃった」
　カランとチョークを置いた。
「芙祐ちゃん」
　優しくあたしの名前を呼ぶ声。
　まだほっぺの赤い慶太くんを見上げた。
「俺と付き合ってください」
　深呼吸、1回。
「……はい」
　あたしが頷くと、慶太くんは小さくガッツポーズしながら、うれしそうに笑った。

3章

文化祭

　今日は文化祭当日。
　まだ、誰にも言ってないんだけど、土屋芙祐、昨日７ヶ月ぶりに彼氏ができました。おめでとう。
　うちのクラスの焼きそばの屋台に向かう途中、スマホ片手に玄関で立ってるヤヨを発見。
「なーにしてんの？　ヤヨちゃん」
「人を待ってる」
「へぇー。誰かと回る約束してるの？」
「まぁ」
「いいね。じゃまたねー」
　あたしは慶太くんと回ろうかな。
　って、まずは焼きそば売るんだけどね。
　あー楽しみ。
　ヤヨも結構楽しみにしてたよね、さっき。
　わくわくしてるみたいだったもん。
　文化祭好きなのかなぁ。
　焼きそばの屋台を発見。
　今から１時間バリバリ働いちゃうからね。
「ぐっもーにん。藍ちゃん」
「芙祐遅いよ！　待ってたよ！」
「ごめーん、って時間どおりだよ？」
　藍ちゃんにせかされて、急いでハッピを羽織った。

「さっき匠から聞いたんだけど！　芙祐ついに慶太くんと付き合ったの？」
「うん。今それを藍ちゃんに言おうと思ったところだよ」
「そっか、おめでとう。今回は頑張ってね。って、頑張るもんじゃないんだけど……」
「大丈夫だよ。今回はね、相手を幸せにする恋をするよ」
　藍の提案どおりね。気合いバッチリだよ。
　……って、なにその疑いの目は。
「なんか心配だなぁ」
　とても失礼な。
　でも許すよ。今日は楽しい文化祭だからね。
　焼きそばを作るのは男子の仕事。
　あたしは「頑張れー」って、鉄板の熱で暑そうな男子をうちわでたまにあおいでる。
　結構暇なの。
　今日の仕事は金銭収受と、焼きそばを渡すだけだから。
　誰でもできる簡単なオシゴトだよ。
　しばらくすると、焼きそばの屋台には行列ができてきた。
　呼び込みのみんなが敏腕だからね。みんな超やる気。
　売り上げ金で、焼き肉に行くんだって。
　ビバ焼き肉。
「いらっしゃいませー」
　って言い疲れてきたころ。
　行列がいったん途切れて、藍ちゃんとスマホで記念撮影なんかしちゃって。

堂々と油断してたその時。
「サボんなよ」
　その声は。
「ヤヨちゃんも一緒に……写らないね。いらっしゃいませ、ようこそです」
　びっくりしちゃった。
　だってヤヨが。
　あの子と２人でいるんだもん。
　麻里奈ちゃん。
　ミラクルかわいい元カノちゃん。
「弥生、めちゃめちゃかわいい子連れてんじゃん!!」
「何!?　彼女!?」
　思わず焼きそばを作ってた男子も大盛り上がりだよ。
「うるさいって。麻里奈、１個食えるか？」
「うーん、半分でいいかも……」
　ヤヨの少し後ろに立って、ヤヨを見つめる大きな瞳。
　さらり、つやめく黒髪。
　オーラがきらきら。
「麻里奈ちゃんっていうんだ!?」
「弥生の彼女!?」
「あ。いや、違くて……」
　麻里奈ちゃんの控えめな声。
　おろおろして、１歩後ずさり。
　かわいいーって男子の声はテンションマックス。
　女のあたしから見ても、かわいすぎる。麻里奈ちゃん。

「マジでやめろって」
　麻里奈ちゃんのこと守ってあげた。
　ヤヨは優しい、から……？
　って、そんなことより、仕事仕事。
「はい。焼きそば、1つだよね？」
　割り箸を2膳つけて。
　あたしが手渡したあと。
「いいよ、私が払う……！」
「はー？　こんくらいおごられとけ」
「でも……」
　目の前で繰り広げられるのは、まるで初々しいカップルのやりとり。
「いくらだっけ？」
　ってヤヨが問う。
　なんか。……なんか。
「いいよ、お金いらない。あたしからのおごり」
「払うから」
「ありがたく受け取ってくれていいんだよ」
　って焼きそばを押しつけた。
　だって。なんか。
　これ以上、見ていたくなかったんだもん。
「やっちゃん、こっちのベンチ空いてるよ」
「あー、わかった」
　……やっちゃん、だって。かわいいね。
　ヤヨは、ちょっかい出しにいく男子から麻里奈ちゃんの

ことを守っているみたい。
「あのー……焼きそば1つ」
「あっ。ごめんなさい。はいどうぞ」
「芙祐どうした？　ボーッとして」
　藍が心配そうにあたしを見つめる。
「あー……ううん」
　優しい藍ちゃんと話してる間も……。
　視界に入れちゃう、あの2人。
　ヤヨは。
　あの子の前だと……。
　そんなふうに笑うんだ。
　文化祭が始まる前、麻里奈ちゃんを待ってる時の、ヤヨのわくわくした表情も。
　そーんなに、楽しみだったんだ。
　いや、いいんだけどね。
　全然。あたしには関係ないし。
　……でもさぁ。
　じゃあ好きって言わないでよ。
　って、言われてないか。
　うん、言われてない。
　むしろ避けられてた、最近。

　しばらく売り子を頑張って、ようやく休憩。自由時間。
　慶太くんと待ち合わせるまでの間、あたし、1人。食欲ナシ。遅く来た夏バテ。

だから、なんとなく校内を歩いて。
なんとなく、ヤヨたちを探してる。
……って、あたし、何してるんだろ。
でも〝友達として〟気になるんだもん。
あっ。いた。
渡り廊下で話している、ヤヨと麻里奈ちゃん。
とっさに陰に隠れちゃった。
やっぱり麻里奈ちゃん、かわいい。
つやつやの黒髪、肩まで伸ばして。
すごく似合う。
化粧気なくて、清楚。
こんなの惚れないほうがおかしい。
なんにも聞こえない。
けど２人楽しそうに笑ってる。
まるでカップル。
もしかしたらもう……。
付き合ってるのかもしれない。
文化祭回るくらいだもん、たぶん、もう付き合ったんだ。
付き合った期間３年の２人。
自然体な２人。あまりにもお似合い。
　……関係ないのに、なんで気にしてるんだろ。
　昨日、彼氏できて幸せ満タンなんだから、人様の幸せも喜ぶ余裕あるはずなのに。
　あたし、心狭すぎ？
　……それとも。

「あ。ヤバい」
　そろそろ時間。
　慶太くんのとこ、行かなきゃ。
　一緒に文化祭を回ろうって約束してたんだ。
　くるり、踵を返して。
　スマホに触れた。
「もしもし慶太くん、今どこ？」
《英文科の教室にいるよ》
「わかった。すぐ行くね」
　もやもやするこの気持ち。
「……飛んでけ」
　できればヤヨに。
　英文科の教室の前についた。
「芙祐ちゃーん」
　って手を振る背の高いあの人。慶太くん。
「おまたせ」
　何もやもやしてるんだろ。
　昨日から立派な彼氏ができたっていうのに。
「どこ行こっか？」
「クレープは？　芙祐ちゃん好きだよね？」
「大好き」
「行こうか」
　2人で廊下を歩いてると、なんだか結構視線を感じる。
「なんか注目浴びてない？」
「そう？」

うん。とても。
　慶太くんだもんね、いるだけでみんな見ちゃうんだよね、きっと。
　クレープの屋台の前についた。
　このクレープ、文化祭にしてはクオリティ高い。
「うますぎない？」
「あたしも思ってた。あの子、絶対に料理上手だね」
「ははっ、料理って。……芙祐ちゃんは料理するの？」
「するように見える？」
「しないように見える」
　……ご名答。
「最後に作ったのは中学の時の家庭科だよ」
「ははっ。俺と一緒じゃん」
　慶太くんはあたしの口元のついたクリームをすくって、ニッと笑う。
「近いよ……」
　思わず顔を伏せたら、
「かわいいね」
　そう言って髪を撫でた。
「んー、調子狂う」
　あたし、照れ隠しの技とか持ってないから。
「そんな顔、誰にも見せたくないんだけど」
　慶太くんは、いたずらっぽく笑った。
「ゴミ、捨ててくるね」
　慶太くんが遠ざかる。

……ふぅーって、ながーいため息。
　　　幸せ逃げるタイプのため息じゃないからね。
　　　落ちつけ、あたし。
　　　ドキドキしちゃって、なんか恋してるみたいじゃない？
　　　……いや、恋なんだけど。
　　　楽しいかも……楽しいかも。
「土屋さん。1人？」
　　　その声に顔を上げると、たしか、同じクラスの……。名前がわかんないや。
「ううん」
「だよな。藍たちと一緒？　俺らとお化け屋敷行かない？」
「お化け屋敷？　そんなのあるの？」
「結構怖いらしいよ。男だけで行くのもつまんないからさ」
「でもあたし、ダメだよ」
「なんで？」
「えーとねー彼……」
「何してんの？」
　　　あ。慶太くん。
　　　にこっと笑って、男子たちに問う。
「英文科の……桜木？」
「2人って知り合いなんだ？」
　　　男子たちがあたしに尋ねる。
　　　男子たち、慶太くんの名前知ってるんだ。
　　　そりゃそうか。とってもモテるって噂らしいもんね。
　　　男女ともに有名でもおかしくないよね。

すごいなぁ、慶太くん。
　あたしがそんなことを、ボーッと考えてたら。
　慶太くんの腕が、後ろからあたしを抱きしめた。
「……俺の彼女だから。遠慮して」
　耳元で、慶太くんの低い声。
　アロンの香り。
　温かいぬくもり。
　思わず後ろを見上げると、慶太くんはいつもどおり、いたずらっぽく笑ってる。
「……はい、遠慮します」
　って、男子たちも即答するほど。
　だって、慶太くんのオーラってすごいんだもん。
　あたしは赤面しながら、その腕をほどいた。
「……色気大魔神」
「ははっ、何それ？」
　慶太くんは余裕ありげに笑ってる。
　あたし、たぶん。
　慶太くんから醸し出される色気に耐えられない。
「で、なに話してたの？」
「お化け屋敷に行かない？　って」
「お化け屋敷かぁ。芙祐ちゃん好きなの？」
「全然ダメ」
「俺も」
「あはははっ。意外ー」
「こっちならいいよ。迷路。行ってみる？」

「行く。段ボール迷路のオリエンテーリング？」
　超楽しそう。
　そういうの好き。
　ついた教室。長蛇の列。
「人気だねー」
「並ぼうか」
　列をなす人ごみの中。
　手、繋いでみようかな。
　ヤヨみたいに「え!?」って顔するかな。にひひ。
　そーーっと、手のひらに触れた。
　そしたら、慶太くん。
　チラってあたしを横目で見て、「繋ぐ？」って、ニッと笑いながら、あたしの手を包んだ。
　……慶太くん、余裕だ。
「花火以来だね？」
　低い声が傍らで囁く。
「……うん」
　なんでだろう、あの時より数倍ドキドキしてる。
　この声にも、手の温かさにも。
　ヤバい。
　手汗かく。こんなドキドキしてたら持たない。
　前もって離そうとしたら。
「……離さないよ。残念でした」
　なに、その意地悪な顔。
　あたしはさらに赤面して俯いた。

迷路はね、盛り上がったよ。
　迷路の参加賞でもらった、りんご味の飴を舐めながら。
　ぐるぐると校舎を回る途中……。
　前から歩いてくるのは……ヤヨだ。
　それと、麻里奈ちゃん。
「あれ、弥生くんだ。あの子って元カノだっけ？」
「うん、そう」
　すれ違っても、ヤヨはあたしに目も向けない。
　……なんで？
　立ち止まって振り返ってみたら……。
　どんどん背中、遠くなって。
「え？　芙祐ちゃん？」
　思わず、その後ろ姿を追いかけてた。
　ヤヨのセーターを掴んだら、
「何？　どうした？」
　って、やっと。
　やっと、ヤヨがこっち見てくれた。
「……あ」
「？」
　麻里奈ちゃんも不思議そうに、あたしとヤヨを交互に見てる。
　……それに、あたし今。彼氏とデート中なのに……。
「えっと」
　セーターから手を離すと、ヤヨの目線は。
　あたしから麻里奈ちゃんへと移った。

「……なんでもなかった。ごめん」
　……なに、してるんだろう。
　脳内をピピピーッて駆け巡るのは、慶太くんへの言い訳、だったりして……。
「どうしたの、芙祐ちゃん」
　にっこり笑ってる、慶太くんの怖い笑み。
　冷や汗。
「な、あ、あの、なんだろう。委員の……」
「委員の？」
「……ごめんなさい。なんか、反射的に追いかけちゃいました」
「正直だね。まぁでも、そういうこともあるよね」
　……うんうん、あるよね、って。
　いや、ないから。
　慶太くん、心広いんだなぁ。
　今までの彼氏なら、すっごい怒られてそう。
　他の男子と少し話しただけで、怒っていた人もいたもんなぁ……。
　慶太くんって、仏の心。
　……じろり。
　って、音が聞こえそうなほど、横目で見られた。
　うん。やっぱり怒ってる。かも。
「芙祐ちゃん。ちょっとこっち行こうか」
　やましいことがある時こそ……このにっこり笑顔が怖すぎる。

連れてこられたのは、校舎裏の非常階段。
　ひとけがない。まったくない。
　誰か、今すぐ来てくれていいからね。
「……そんなビビんないでよ」
　ははっと慶太くんが笑う。
「だって、さっきのイヤだったでしょ？」
「イヤー……だった、と言えばそうだけど」
「怒ってる？」
「怒ってる」
　慶太くんがあたしに歩み寄る。
　あたしの背にある手すりを握り、あたしを囲うように閉じ込めた。
　……近い。
　怒ってる顔すらキレイだ。とか、思ったあたしの邪な心。
「……ハンセイします」
「嘘だよ。怒ってないよ」
　ふっと笑うと、慶太くんの顔がゆっくりと近づいた。
　長いまつ毛が下を向く。
　アロンの香り。
　あたしも思わず目を閉じると、すぐに、唇に温かい感触。
「……俺以外見ないで」
　低い声があたしに響く。
　あたしをまっすぐ見つめる目。
　……そらせない。
　硬直、した。

「……今、金縛りにあった」
「なに言ってんの」
「だって……。慶太くんもうやめてよ……」
　火照る顔を両手で覆って、距離の近い慶太くんをシャットアウト。
　だってもう、無理だもん。心臓もたないよ、絶対。
「隠すの禁止」
　慶太くんは、あたしの両手をはがすと、もう一度、キスを落とした。
　……もうダメです。

後夜祭

　文化祭が終わって、残るは後夜祭。という名のキャンプファイヤー。
　後夜祭の前に教室で点呼を取ったら、あとは自由解散。
　化粧を直しながら、藍ちゃんにご報告。
「慶太くんの色気に腰、砕かれてきたよ」
「何……何やってんの学校で」
　藍ちゃん、固まってる。
　引いてるよね。なんで。
「キスしちゃった」
「あ、そっか。芙祐って意外と純粋だもんね」
　藍ちゃん、なにその反応。
　ていうか、今なに想像したの、破廉恥な。
「後夜祭のキャンプファイヤー、慶太くんと出るでしょ？」
「とくに約束してないけど、なんで？」
「キャンプファイヤーの最中に、手を繋ぎながらキスすると、その恋はずっと続くって。有名なジンクスじゃん」
「何それ初耳」
「知らない？　嘘でしょ……」
　藍ちゃん、そんな目であたしを見ないでね。
　後夜祭のキャンプファイヤーで、手を繋ぎながらキスをしたカップルは、ずーっと幸せなんだって。
　なんてことを慶太くんに言えっていうのかな。

とりあえず、手と唇を奪いにいけばいいのかな？
　　そっちのほうがハードル低そう。はは、嘘だよ。

陽が落ちたころ。
暗闇を裂く橙(だいだい)の炎。
パチパチ、火の粉が舞う。グラウンドの真ん中。
文化祭で使われたゴミたちがメラメラ燃えちゃって。
結構、人が多い。
せっかくだから、ちょっとだけグラウンドに入ってみよう。
　……慶太くん、いるかなぁ？
　きょろきょろと見渡してたら、すぐ見つけちゃった。
　……ヤヨだ。
「ヤヨ、１人なの？」
「いや、友達と合流するんだけど。遅いから待ってる」
「麻里奈ちゃん？」
「麻里奈は他の友達のとこいったん行ったけど」
「ふぅん……」
　いったんか。
　メラメラ。火の粉。
　これだけじゃ気が紛れない。
　って、何を考えてるんだろう。
　ヤヨに彼女ができると、友達として寂しいから？
「ヤヨは優しいから。幸せになってほしいよ。友達として」
「……最近よく聞くな。『友達として』って」

「うん」
　だって、ほんとだもん。
　友達として、置いてけぼり感が寂しいだけ。絶対。
　だって、あたしには彼氏がいるんだから。
　それもすっごいすっごい色気大魔神なんだから。
「復縁したの？」
「してねえよ」
「でも、きっとうまくいくよ。同じ女同士ね、見てたらわかるんだよ」
「なんだよそれ」
　ヤヨはあたしを睨むように見つめる。
　こんなんじゃない。
　麻里奈ちゃんに向けてた優しい目は。
「いいこと聞いたんだよ。後夜祭のジンクス知ってる？」
「ジンクス？」
「キャンプファイヤーの時に、手を繋ぎながらキスしたら。2人はずーっと幸せなんだって」
「初めて聞いた」
「あたしも。でも麻里奈ちゃんとしてみたら？」
　にって笑ったんだよ、あたし。
　でもヤヨはこっちなんか見ない。
　ヤヨは黙って炎を見つめたまま。
　今、なに考えてるんだろう。
「……そんなジンクス、芙祐は信じんの？」
「うーん。あんまり信じない、かも」

そう答えた瞬間。
　ヤヨはあたしの手を取って指先を絡めた。
「え？」
　戸惑うあたしの目をとらえるヤヨ。
　あたしは金縛りみたいに動けなくなって。
　左手で顎を持ち上げられたかと思えば、あたしはヤヨに唇を、奪われてた。
「……俺も信じない」
　……信じ、ない、じゃなくて。
　信じられない。
「な……なんでキスするの」
　呆気にとられていたら、後ろから思いっきり腕を引かれた。
　大きくて優しい手、アロンの香り。
　……慶太くん、だ。
「はぁ……何してんの」
　慶太くんの低い声。
　言われなくてもわかる。怒ってる。
「弥生くんさぁ、キスはダメでしょ。付き合ってもないのに」
「お前に言われたくないんだけど」
「まぁ、たしかにそうだけどね」
　慶太くん、笑ってない。睨んでる。
　初めて見た……本気で怒ってる顔。
「……俺の彼女に手ぇ出さないで」
　その低い声に、ぞくっとした。

「彼女……？　芙祐が？」
　ヤヨはあたしに目を向ける。
「うん。付き合ってる」
　慶太くんはそう答えたけど、
「……」
　ヤヨは何も言わない。
　パチパチと火の音。生徒たちの声。
　あたしたちの静寂は消された。
　ヤヨの視線は下がっていき……。
　ぎゅっと慶太くんに握りしめられているあたしの手を、見つめた。
「……知らなかった。悪かったな」
　そう言い残して、ヤヨはグラウンドを出ていった。

「……どうしよ、ヤヨ」
　ヘコんでた。なんかすっごく泣きそうな顔してた。
　どうしよう。
「弥生くんが、何？」
　バッと顔を上げると、慶太くんも全然笑ってない。
　違う。こっちだ。
　あたしが謝るべき相手はこっち。
「……ごめんなさい」
　頭を下げた。深く。
「なんで、謝るの？」
　なんで、謝るの？

って、なんでってなんで。
　怖い、怖すぎる。
　この叱り方はパパのガチギレの時のやり方だもん。
　なんで？　なんで？　って、正解にたどりつけないんだもん。
　助けて神様。
「キス……されてしまって」
「うん。それは芙祐ちゃんのせいじゃないよね」
「でも怒ってる……よね？」
「怒ってないよ」
　じーっと見つめる、彼の顔。
　……っ、嘘だ。顔。
　顔が怒ってないことない。
「ど、う、しよう」
　だって事後ってやつだもん、これ。
　許してもらえるわけがない。
「だから、怒ってないって」
　ほんとに……？
　って、その顔。やっぱ怒ってるじゃん。
　……嘘つきー。
　慶太くんがあたしに近づく。
　全然、笑ってない。目も、口も、なんにも。
「これからはその……そういうことがないようにするから」
　アロンの香り。
　鋭い視線。怒ってても見惚れそうな、キレイな目。

「すごい、その……反省して……」
「黙って」
　ちゅ……っと軽く音を立てて、キスされた。
「本当に、油断も隙もない……」
　至近距離で眉をしかめる。呆れた顔。
　……セクシー。とか。思っちゃった。今。
「顔赤いよ、芙祐ちゃん」
「……火のせいじゃないかな」
　あたしが言い訳したら、やっと笑った。
「他の男なんか目に入らなくしてやろうかな」
　ふっと笑う慶太くんの目。
　その目はあたしをとらえて離さない。
　ドキドキと激しい鼓動の中。
「……覚悟しとけよ」
　優しい低い声があたしの中に残った。

密室ピンチ

　ヤヨはあれから、何事もなかったようにしてるから。
　あたしも、何もなかったように過ごしてる。
　慶太くんと付き合って、早いこと1週間。
　毎日一緒に帰ってるよ。
　歩けば20分の道のり、自転車を押しながら帰るの。
　なんか、カップルっぽくなってきた。

　今日のお昼は藍と匠くんカップルとWデートランチ。
　中庭でお弁当を食べてるところ。
「あれ？　藍と匠くんのお弁当お揃いだ」
「うん、作ったの」
「えー、藍ちゃんすごい。おいしそう」
　彩りもキレイだし、タコさんウインナーじゃなくて、お花ウインナーがあちこちに。かわいすぎ。
　隣で菓子パンを食べてる慶太くんを、そっと見上げた。
　視線に気づいた慶太くんが首をかしげて笑う。
「大丈夫。俺、菓子パン好きだし」
「作ろうかな……」
　語尾が小さくなるよね。
「作ってくれるならうれしいけど。火事やケガに気をつけてね」
「意地悪」

慶太くんはイチゴミルク飲みながら、二重の大きな目を細めて笑う。
　イチゴミルク似合いすぎ。
　甘いフェイスに、風にふわっと揺れる茶髪。
　この人、あたしの彼氏。
　超カッコいい。って、再確認。
　こんな彼のためならばやってみせましょう。
　お弁当……いつかね。
「匠、はい、お茶」
「さんきゅー」
　藍と匠くんの自然なやりとりが、落ちついた夫婦のようだったよね。
　慶太くんに、「はい、イチゴミルク」ってしようとしたんだよ？
　でも、空っぽだったんだよね。
「芙祐ちゃん、藍ちゃん目指さなくていいから」
　慶太くんが笑ってる。
「あたしよく考えたら、あまり尽くすほうじゃないかも」
「いんじゃないの？」
「でも内助の功とか、言うしー」
　お弁当の卵焼き。パクッて食べてたら。
　慶太くんが耳元に近づいた。
「女は愛されてなんぼだと思うよ」
　その低い声に、顔が熱くなる。
「……ちゃ、チャラい」

「かわいいなぁ。もっと動揺するとこ見せてよ」
　ははっと笑いながらそんなこと平気で言うんだもん。
「バカップル」
　って、バカップルに言われちゃった。

　そんな感じで、お弁当の約束もしたから。
　翌日は慶太くんに作ってきたよ。
　……卵焼きだけ、ね。
　30分かかったよ。
　パパの朝ごはんが、卵6つ分の失敗作ごはんになったけどね。
　被害はそれくらい。
　雨だから、ベンチも多目的スペースも人でいっぱい。
　のんびりしたいし、講義室ゲット。
　貸切2名様。
「うま。マジで芙祐ちゃんが作ったの？」
　慶太くんが頬張る卵焼き。本にのってた分量どおりの砂糖入り。5回目でうまく巻けたんだよ。
「あたしが作ったの卵焼きだけだけどね。そんなにニコニコ食べてくれてうれしい」
　藍ちゃんがせっせとお弁当を作る気持ちがわかるかも。
　ちょっとだけど。
「ありがと。芙祐ちゃん。大好き」
　にこって、そんな眩しく言わないで。
　あたしもだよ、って言い逃がした。

「次回、ハンバーグに挑戦します」
「ありがと」
　ママが作った残りのお弁当も全部食べたころ。
「芙祐ちゃん、ちょっとこっちおいでよ」
　そう呼ばれるから、慶太くんのそばに寄った。
　講義室の窓際。
　今日もいい匂い。慶太くん。
　そしたら後ろから、ぎゅっと抱きしめられて、
「ほんとかわいい」
　って耳元で呟く。
　大きくて硬い胸板。ドキドキ、速い鼓動が聞こえてきた。
「慶太くん」
　振り向いて、あたしは慶太くんの胸に片手をついた。
　ちょっと背伸び。結構背伸び。
　慶太くんがあたしのほうを向いてくれる。
　大きくてキレイな目を見つめながら、
「好き」
　って言って唇にキスをした。
　1回じゃ足りなくて、2回、3回。
　だって、好きなんだもん。仕方ないよね？
「……ははっ。芙祐ちゃん」
「なーに？」
「止まらなくなるよ？」
　そう言って、慶太くんに壁側に押さえつけられて、
「……んっ」

何回も何回もキスされた。
「……はぁ」
　ドキドキ、ドキドキ。
　心拍数は最高値を記録中。
　慶太くんは、真っ赤な顔をしているだろうあたしを見て満足そうに笑う。
　グロス、たぶん全部取れたんじゃないかな。
「俺に理性があってよかったね」
「ないじゃん、理性。もうヤバかったぁ」
「芙祐ちゃん、男心わかってなさすぎ。気をつけてね」
「何をー？」
　見つめ合う、あたしたち。
　至近距離。
「何って」
　冬服になってからつけ始めた、校則やぶりの新しいリボン。
　慶太くんに、パチンと外された。
「……こういうこと」
　慶太くんはクスッと笑う。
　あたしは赤面。
　おかしいくらい真っ赤っか。
　──ガタッ。
　音がした、その先を見た。
　扉？
　背の高い影が見えて、ゆっくり開いた。

「失礼しま……って。……お前ら、何やってんの」
　……ヤヨだ。
　慶太くんの手から下がる制服のリボンや、もともと開いてたあたしのブラウスの首元。
　ヤヨが、固まってる。
「違うから。そういうことしようとしてるんじゃないから」
　あたしが大慌てで否定するけど、たぶん聞こえてない。
「弥生くん変なこと想像しないでね。こんなムードもなんもないとこで、手ぇ出さないからね。俺だって」
「……いや別に。関係ねえし」
　運んできた荷物を机に乱雑に並べてから、ヤヨは講義室から出ていった。

　４限、自習。
　席替えしてから板書の邪魔で仕方ない、１つ前の席に座る、背の高い人。
　黒髪ふわふわで、崩したくなる後ろ頭さん。
「……ヤヨ」
　シャーペンで、つんつん。
「なに」
「さっき見たの誰にも言わないでね……藍ちゃんたちにも」
「言わねえよ」
「よかった」
　……。
　あれ？

ヤヨが前を向き直さない。
「あとは、あれを克服だな」
「アレ？」
「貧乳問題」
「……なっ」
　キャベツ食べてるし。
　体操してるし。
　たまにサボるけど……。
　ていうか、
「ヤヨに言われたくないんだけど。ヤヨのほうが貧乳のくせに」
「……はっ」
　ムカつくー、鼻で笑われた。
　大人の階段を上っちゃってるからって、なんて子なの。
　でも、たしかに。
「ヤヨ、ちょっと耳かして」
「あ？」
　耳を寄せるヤヨに質問。
「貧乳って、ダメ？」
「知らねえよ」
「そんなー」
「でも、あいつはワールドワイドだし……まぁ、頑張れば」
　なに、その哀れみの目。
　そうだった。慶太くん、帰国子女だもん。
　目標高すぎ、アメリカンサイズ……。

「ヤヨのバカ」
「なんでだよ」

　６限の最後の20分てすっごく長く感じない？
　……眠いなぁ。
　ティッシュボックスを枕にして、ふわふわもこもこ気持ちいい膝かけを肩からかけて。
　おやすみ、地球のみなさま。
　……。
「……わぁっ！」
「おはよー、芙祐ちゃん」
　目を開けたら、目の前に慶太くんがいた。
　それも至近距離で机に伏せてるんだもん。
　びっくりしてイスから落ちそうになったよね。
「えっ？　あれ？　今……何時??」
「もう放課後だよ。弥生くんが起こしてたけど起きなかったんだよ」
「慶太くんは？　いつからいたの？」
「30分前くらいかな？」
「ごめん。叩き起こしてくれていいのに」
「起こしたらかわいそうじゃん。気持ちよく寝てるのにさ」
　優しいなぁ、慶太くん。
　……って。
　はっとして顔を覆った。
「変な顔してたでしょ」

「めちゃくちゃかわいかったよ」
　そう言いながら、あたしの長い髪の毛先をすくう。
　照れ隠し……しながら「嘘つき」って言ったら。
　ははっと笑われた。
　……くやしい。
　気をつけよう。
　今度から寝る時は膝かけを頭から被ろう。
　玄関を出てから手を繋ぐの。
「そうだ、明日は一緒に帰れないんだ」
　明日は焼き肉なの。文化祭の売り上げ金がスポンサー。
　クラスのみんなで、文化祭とテストの打ち上げなんだ。
「俺も明日はちょうど用事あるわ」
「ならよかった」
　気が合うなぁ。
「そういえばね、この前」
　あたしの話、ニコニコしながら聞いてくれる。
　ぎゅっと手のひら握りしめて。
　慶太くんがあたしを見る優しい目はね、あたしのこと好きなんだなーって思わせてくれるんだ。
　あたしも込み上げるよ。この気持ち。
「大好き」
「いきなりだなあ」
　戸惑いながら笑ってる。
「俺も」
　路地裏。

慶太くんがあたしにキスを1回。
　だから、あたしは彼を見上げて二の腕を掴む。
　背伸びしながら、
「もっとしたい」
　唇を重ねた。
「……芙祐ちゃん」
　ほっぺ赤い慶太くんの困り顔。
　困らせたい。もっともっと。
「……かわいすぎるから」
　ぎゅって抱きしめられた。
　慶太くんの優しい温もり。ひとり占め。
　大好き。慶太くん。

　今日の放課後は待ってました、のクラスの打ち上げ。
　焼き肉。楽しみすぎ。
　お昼ごはんは少な目にしといた。
「芙祐ー行こー」
　藍ちゃんと駅に向かう。
　2つ先の駅。
　電車を降りて歩くこと10分弱。到着。
　おいしくて安い、夢のような焼き肉店。
　超いい匂い。ビバ焼き肉。
　奥から詰めて適当に座る。隣に藍。お向かいにヤヨ。
　いい感じ。
　じゅーって焼いてる間も、みんなでわいわい盛り上がっ

ちゃって。
「あ。焦げた」
「またかよ。ほら」
　藍とあたしに焦げてないお肉くれちゃうヤヨって、たぶん神様。
　ヤヨはちょっと焦げたお肉を率先して食べる。
「コゲは体に悪いから、こっち食べて？」
　あたしは返そうとしたんだけど。
「いいから。それより焦がさない努力をしろ」
「はぁい」
　このあと、ヤヨにトングを没収されるまで全部焦がしたよね。
　どんなもんだい。念には念をで焼いてると、ついね。
「生焼けとコゲってどっちが体にいいんだろう」
「普通に焼け」
　ヤヨって辛辣。
　網の上、ボーッと眺める。
　１枚たりとも焦がさない。
　ヤヨは焼き肉屋さんで働けるね。
　ヤヨってほんと……。
「……なんでもできるよね」
　器用っていうか。ルールに忠実っていうか。
　なんでもそつなくこなすから、結構尊敬してるよ。
「藍ちゃんも料理上手だもんね」
　でも、かたくなに焼かない藍ちゃんは火が怖いらしい。

超かわいい。
「芙祐がこういうのできなすぎなんじゃねえの」
　ちっさい声、ちゃんと聞こえたからね。
「いいもん。慶太くんは過程を褒めてくれるから」
　この前お弁当にハンバーグ入れた時も、ぼろっぼろだったけど、おいしいうれしいって食べてくれたもん。
「慶太くんってほんとに優しいよね」
「ねー」
　藍ちゃんも認めてくれるよ。ホンモノでしょ。
「ヤヨは……あれだ。麻里奈ちゃんは料理上手なの？」
「麻里奈は家庭科だけは成績よかったな。他は全滅だけど」
「ふーん……」
　麻里奈ちゃん、家庭科できるんだ。女子だ。
　あたしだって裁縫は常識レベルにできるもんねーだ。
　って、何を張り合ってんだろ。
　にしても暑い。喉乾いちゃった。
「藍ちゃん、お水」
「ありがと」
　ヤヨには注いであげない。
　……。
　やっぱ嘘。
「はい、ヤヨちゃんも」
「さんきゅ。ってなんだよその顔」
　あっかんべー。
　お腹いっぱい。

食べ放題の元をついに取っちゃったんじゃないかな？
「はーおいしかったねー」
　　　制服めがけて消臭スプレーをかけあいっこ。
「かけすぎ！」
「仕返しだ！」
「マジでやめろって」
　　　３人で小学生みたいなことしてたらね。
　　　みんなに置いていかれたよね。薄情者たちよ。
「はー、さむ」
「駅まで結構歩くよね」
　　　とぼとぼ３人で歩く道のり。
　　　だいぶ先にクラスメートの最後尾が見えるかも。
　　　駅に行く途中、歓楽街を抜ける。
　　　補導されそうでちょっとドキドキ。たぶん大丈夫。
　　　そんな時……。
　　　歓楽街の人ごみの中。
　　　茶色い髪、背が高くて、ゆるーい雰囲気。
　　　私の好きな、シンプルな服装。
　　　慶太くんだ。
「なんでここにいるの？」
「芙祐ちゃんのクラスがここで打ち上げって聞いたから」
「お迎え？」
　　　こくり、と頷く慶太くん。
　　　うれしい。
　　　慶太くんに駆け寄り、腕にぎゅっとしがみついた。

「ありがとう」
「だって暗いと危ないし」
「優しいなぁ、慶太くん」
　語尾にハートをつけちゃったからかな。
　藍ちゃんに、「バカップルは放っておいて帰ろ、弥生」って捨てられちゃったけどね。

想いと嫉妬

【慶太side】
　藍ちゃんと弥生くんと別れてから、とっくに駅についているのに話し込んでいた。
「んでね、ヤヨがね……」
　結構な頻度で弥生くんの話が出てくるのが若干気になるけど……って時間。
「芙祐ちゃん。門限ヤバいかも」
　スマホの時計をチラつかせる。
「あ、ほんとだ！　またパパに怒られる」
　電車に揺られること数分。
　芙祐ちゃんの家まで送る、２人きりの時間はいつも一瞬で過ぎ去る。
　あっという間に芙祐ちゃんの家の前。
「お父さん怒ってるんじゃない？　一緒に謝ろうか」
「んーん、大丈夫。いつも結局はパパってあたしに激甘だから」
「ははっ、そうなんだ？」
　たしかに愛されてそうだもんね。
「いつも送ってくれてありがとうね。いつかあたしも慶太くんち見てみたいなぁ」
「俺の家？　学校からすぐだよ」
「そう言ってたね。行ってみたいな」

「いいよ。来る？」
「ほんとー？　近いうちにお邪魔したい」
　無邪気な笑顔。ふわりと揺れる長い髪。
「じゃあまたね」
　手を振って、家に入っていく芙祐ちゃんを見届けた。
　家に来るって。
　ん？　そういうこと？
　……早くね？
　恋愛経験豊富な芙祐ちゃんだし、このくらいの期間でもいいのかな？
　俺は大歓迎だけど。

　昼休み。毎週水曜日は芙祐ちゃんの作った1品が食べられる日。
　今日は唐揚げ。
「……ちょっと焦げた」
　笑いながらも、食べる瞬間を緊張気味に見つめる芙祐ちゃん。
「うま」
「ほんと？」
「本当においしいよ。全部食べていいの？」
「食べて食べて。あたしは朝から失敗作を……ううん。なんでもない」
　照れ笑い。かわいい芙祐ちゃん。
「いつもありがとう」

朝から俺のために時間をかけて、何度も何度も挑戦してくれて。一番おいしくできたものを食べさせてくれてるんでしょ？
　お世辞抜きにおいしいよ。
　それなのに、不安げに見つめる大きな瞳。
　健気。頑張り屋。
　思わず髪を撫でたくなる。
「芙祐ちゃんはいいお嫁さんになれるね」
「え？　家事とか……お嫁さんのする仕事が一番できなそうだけど」
　そういうことじゃないんだよ。
　ほんの少し距離を縮めて、芙祐ちゃんを見つめた。
「お嫁さんにしてあげよっか」
　ニッと口角を上げる俺を見て、たじろぐ芙祐ちゃん。
「……なっ。今の、プロポーズだ」
「ははっ」
「むー」
　あ、むくれてる。
　ほっぺ膨らませて。悔しそう。
　その顔なんなの、かわいいんだけど。
「すぐあたしで遊ぶ」
「芙祐ちゃんも弥生くんにしてるじゃん」
「ヤヨはいいんだもん」
「よくない」
　俺、弥生くんに対するスイッチ、簡単に入るのかも。

束縛とか大っ嫌いだし、するヤツの気持ち全然わかんないけど。
　嫉妬。
　なるほどね。これって感情直結型。
　我慢できないものなんだね。
　ほんと、弥生くんって。邪魔だなぁ。
　俺がニコニコしながらムカムカしてたら、芙祐ちゃん、察したのかな。
　話を変えることに必死。
「ごめんごめん。芙祐ちゃん次の日曜は暇？」
「うん、あいてるよ」
「デートしよっか」
「する」
「どっか行きたいところある？」
「んー……。あ、慶太くんの家に行きたい」
「いいよ」
「わーい、気合い入れなきゃー」
　って言いながら、サンドイッチを頬張る芙祐ちゃん。
　気合い入れなきゃーって……。
「えっとさ……、それって期待していいの？」
「期待？　うん。期待してて。頑張るから」
　……頑張るんだ。

　教室に戻って、席に座ると匠が当然のようにノートを写しにきた。そろそろ料金発生させるかな。

「どうしたん？　慶太楽しそうじゃん」
「日曜、芙祐ちゃんとデート。俺ん家」
「マジで。うわー。芙祐ちゃんてスゴそう。なんとなくだけど」
「人の彼女で変な想像すんな」
「わり。でもあれだけ男慣れしてたらさー。よかったなぁ。てか、いいなぁ。羨ましい」
「今の藍ちゃんに伝えとくわ」
「マジでやめろ！」

　日曜日。
　不定休な両親は家にいない。姉貴たちも留守。
　あー……なんだこれ、緊張する。
　ただ女の子が家に来るだけなのに。
　駅まで迎えに行くんだけど、芙祐ちゃんが見えた瞬間、ドキッとした。
　花柄のワンピース。よく似合ってる。
　緩く巻かれた茶色の長い髪が風に揺れて、それを押さえる小さな手。白い肌。
　大きな目を細めて笑う。
「お待たせ」って。
　ぷっくりとしたピンク色の唇がつやめいた。
　見惚れていたら、首をかしげて少し微笑む芙祐ちゃん。
「どうしたの？　行こ？」
　上目づかい。ズルいわ、この子。

ちょこんと俺の腕を掴んで、芙祐ちゃんは歩き始めた。

「あたしの部屋よりキレイ」
　部屋につくなり、室内をぐるっと見渡して、興味津々な芙祐ちゃん。
「英語の本いっぱい。これ全部読めるの？」
「まぁ。でも漢字が苦手すぎて逃げてるだけだよ」
「ふーん。グローバル。あ、これね、お土産」
　そう言って差し出された茶色い紙袋の中身。
　クッキーがいっぱい入ってる。
「え……手作り？」
「超頑張った」
　にっこにこ。
　あーーー。頑張るってこれのことか。
　……いや、がっかりしてないから。断じて。
「ありがと。うれしい」
「ふふふー」
　この子、なんでこんなにかわいいんだろ。
　部屋でＤＶＤを流し見ながら。
　おいしいクッキーを食べて、のほほんと過ごす。
　芙祐ちゃんは極めて楽しそう。
　２人で４人がけのソファに座ってる。
　このソファさ、買った時に思ったけど。
　２人の距離が縮まんないんだよね。失敗。
　なんて、つまんないこと考えてたら、芙祐ちゃんが顔を

上げた。
「これね、アタリなの」
「アタリ？」
　俺の目を見つめながら、少しほほ笑む。
　肩にかかって揺れる髪から花の匂い。
　少し赤い頬に、大きな目、上目づかい。
　唇がゆっくり動く。
「……あーん、して？」
　……って、近い。口を開けたら、
「やっぱり慶太くんは食べてくれたー」と、芙祐ちゃんは満足げに笑う。
「……あ。なにこれ？　めっちゃうまい」
「でしょ。究極の１枚。他は固くなってごめんね」
「全部うまいよ」
「嘘ばっかり」
「本当」
　先に近づいたの、芙祐ちゃんだからね。
　ソファの背にもたれかけさせて、キスを落とす。
「……ん。慶太くん」
　さっきより赤くなった頬に触れて、
「かわいい」
　って耳元で言うと、「ドキドキ、するから」って、芙祐ちゃんが逃げようとする。
　残念でした。
「逃がさない」

片手でぎゅっと両腕をとらえてから、何度も唇を重ねた。
　どんどん芙祐ちゃんの抵抗が弱まっていく。
「……甘」
　唇に移った芙祐ちゃんのグロスを親指で拭った。
「慶太くんのバカぁ……」
　俺を見つめる潤んだ目、赤い頬。
「慶太くんばっかりズルい」
　そう言って、俺の唇を奪いに来た。
　ちゅっ、っと音を立てながら。軽く、何度も何度も。
　……ごめん。けど俺、男だから。
「……もう我慢できないんだけど」

お家デート

　慶太くんにキスしてたの。
　そしたら、耳元で低い声。
「……もう我慢できないんだけど」
　そう聞こえた瞬間、ソファベットに押し倒された。
　目の前には、覆い被さるように慶太くんが見える。
「……え？」
　え？　ええ!?　首筋にキスを落とされた。
　オオカミ。オオカミ。オオカミ。
「ちょ、っと。待って……慶太くん」
　あたしの声に動きを止めた。
「……どうしたの？」
　オオカミなのに、優しい声。
　どうした、って。
　……どどど。どうしたもこうしたもないんだけど。
　このドキドキのやまない心臓と、混乱する頭のせいで、言葉が出てこない。
　ほんの数秒の沈黙のあと。
「……やめとこっか。ごめんね」
　慶太くんがあたしを起こした。
「あ……はい」
　しーん、って擬音が聞こえそう。
　……やっちゃった。

ムードぶち壊しちゃった。
　　どうしよう。ていうより、絶対キズつけた。
　　イヤみたいじゃん。イヤだけど……。
　　って違くて、イヤじゃないんだけど。
「ごめんなさい……」
　　あたしの貧乳問題も解決されてないし。
　　何よりも、初めてだし……。
「謝るの俺だから。ごめんね。次なんのＤＶＤ観ようか？」
　　慶太くんにっこり。
　　いくつかＤＶＤを出してくれた。
　　もうこれは、仕方ないと思う。言うしかないと思う。
　　恥ずかしいけど……仕方ない。げろっちゃえ。
「……するの、イヤとかじゃないの」
「……！　あぁ、そういうこと」
　　え？　わかったの？
　　そういうことって……どういうこと？
「えぇ？」
「んー？」
　　……。
　　２人の間に〝経験値〟という壁が見えちゃったよ、今。
　　そうだよね、慶太くんだもん。経験がないわけない。
　　あのヤヨでもあるんだから。
「あたし……。したことないんだ……」
　　情けないカミングアウトでごめんなさい、オオカミさん。
「……は!?」

今日イチのリアクションだね、慶太くん。
「……バージン、って言ったらいい？　あたし」
「マジで？」
　大きい目がもっと大きくなってるよ、慶太くん。
　今どんだけびっくりしてるの。
　動かないし、ポーカーフェイスを頑張ってる慶太くんは、どう見ても慌ててる。混乱してる。
「じゃあ怖かっただろ？」
「え？　ううん。びっくりしただけ」
「ほんっとごめん。許して」
　両手合わせて、ナムナムされた。
「だから……。うーんと。いつか勇気が出たら……」
　って何を言ってるんだろう、あたし。
　顔が火照ってきた。
「うん。わかった」
　慶太くんはそう言って、優しく髪を撫でてくれた。
　その肩に寄りかかると、アロンの匂い。
「ありがとぉ」
　慶太くん、なんでかなぁ。苦笑いしてるよね。
「あと貧……」
　危ない危ない。
　貧乳問題は奇跡的に解決されるかもしれないから黙っとこう。

　しばらく寄り添って、ＤＶＤを観てた。

ううー、いいお話。
　あたしがうるうる感動していると、
「はー。生殺し……」
　慶太くんがそう呟いて、そっとあたしから離れた。
「どうしたの？」
「なんでもないよ」
　苦笑いの慶太くん。
　なんとなくだけど、嫌われた？
　不安になってきたよ。重かったかな。
　だって、慶太くんだし。超オオカミだったもん。
　百戦錬磨のキスに、色気大魔神。
　こーゆーの、絶対慣れてる。
「初めてっていうの、引いた？」
　恐る恐る聞いてみた。
　そしたら「全然」って即答。
「ほんとかなー」
「本当だって。なんでそのくらいで引くんだよ」
「だって慶太くんだからね」
「ひどっ。むしろうれしかったけど？」
　慶太くんは笑いながら、あたしのほっぺをムニッとつまんだ。
　だからあたしも仕返しに、慶太くんのほっぺをムニッ。
「予約しとくわ」
「何を」
「芙祐ちゃんのハジメテ」

慶太くんは口角を上げた。余裕、ありげに。
「……。バカ」
「かわい」
　あたしのことを好きでいてくれてる、って一目でわかる優しい目。
　1回だけキスしてくれた。

「ってことで、未遂だったの」
「うーん……でも次があるよ」
　昼休みに、藍とガールズトーク。
　内容はもちろんこの前のお家デートでの失敗談。
　ディープな話になるでしょ？
　だから誰にも聞かれない裏庭をチョイスしたよ。
　昨晩の雨で、このベンチにたどりつくまでの足場がとっても悪いからね。誰もいない。
「藍ちゃんも初めてはそうだった？」
「え？　私は別に……ちょっと照れたけど」
　ちっ。やはり大人か。
　あーあ、なんで勢いに乗っちゃえなかったんだろ。
　あたしのバカ。
　あの瞬間、頭の中にどーんって『貧乳問題』って単語が降りてきたんだよね。
「……ヤヨのせいかも」
「弥生？　なんで？」
　ヤヨがそういうこと言うから。

うん、嘘。あたしがチキンだっただけ。
　ごめんヤヨちゃん、キミのせいじゃないからね。

「やっと見つけた……。今日昼休み会議だろ」
　わぉ、噂をすれば、ヤヨだ。
　裏庭の入り口に立って、げんなりしてる。
「……カイギ？」
　そういえば、各クラス委員が集まる会議が今日あるって先生が言ってたっけ。
　あちゃー。
「もう終わったよ」
「ごめんなさい」
「いいけど。連れてかなかった俺が甘かった」
「そうだよね」
「あ？」
「ふふ。嘘。ごめん」
　あ。呆れてる。
「なんの話だったの？　それってメモ？」
　ヤヨの持ってるメモを見に、裏庭の入り口を目指す。
　ぬかるんだ地面、歩きにくい。
「コケるぞ」
　ってヤヨもこっちに来てくれた。
　大丈夫だよ、運動神経いいほうだし。
　……でもね、過信ってよくないね。
「あぶな……っ」

ヤヨの短い声。
　ぬかるみに足を取られたあたしの手、引っ張ってくれたヤヨ。
　だけど。しかし。時、すでに遅し。
　お尻と手にぐちゃっという感触がした。
「いったー」
「……マジかよ」
　ぬかるみで見事に転んだヤヨとあたし。
　仲良く手を繋いだまま、泥だらけの制服。
「ちょっと２人……大丈夫？　あははっ」
　藍ちゃんがお腹を抱えて大笑いしてる。
　ひとでなしー。制服は全部泥まみれ。
　ヘタなコントしてる場合じゃないんだけど。
　……帰っていいかな。
　でもあたしが帰ったら、１人で体操服姿になるヤヨがかわいそうだよね。
　しぶしぶ更衣室で体操服に着替えた。
「半袖寒い」
「長袖、誰かに借りに行こ？」
　置き体操服してたあたしが奇跡だったけど、別のクラスまで借りに行く時間、ないよね。
　キーンコーンカーンコーン……。
　アウト。
　教室にはギリギリついたけど、膝かけを被って切り抜けようかな。

あったか毛布にくるまってたら、ぼふって。頭に何か降ってきた。
「長袖。それ着とけよ」
「え？　ヤヨちゃんは？」
「カーディガンはほとんど無事だったから」
　半袖体操服の上に、キャメルのカーディガンを羽織っている。
　ちょっと泥つき。
「いいの？　ださいよ？　その格好」
「うるさい。黙って着ろ」
「ふふ。ありがとヤヨちゃん」
　お言葉に甘えて、ヤヨの体操服の袖に手を通した。
　……柔軟剤の匂い。いい匂い。
「優しい子に育ったね」
「……うざ」
　あ、照れた。
　天気は徐々に下り坂。外、雷鳴ってるんだけど。

　放課後になってすぐ、
「芙祐ちゃーん」
　って大好きな声。待ってたよ。
　カバンに教科書を入れるあたしのところに、慶太くんが来てくれた。
「あれ？　なんで体操服？」
「転んだの。泥だらけになったんだよ」

「ははっ。嘘でしょ？」
　高校生になると滅多にしない経験だよね。
　泥んこダイブ。
「ってか、それ誰の？　坂木？」
「ヤヨのだよ。ヤヨまで泥まみれにしちゃって」
「……そうなんだ。大変だったね」
　……ん？
　今の間、なんだった？
　にっこり笑う慶太くん。
「じゃ、帰ろうか」
　差し伸べられた大きな手を握って、隣を歩き始めた。
　外は大雨。雷がバリバリやらかしてる。
　繋いだ手は離して、傘を開いた。
「すっごい雷だね」
「こんな雷の日に送ってもらうの危ないから。今日は１人で帰るよ」
「こんな天気だからこそ送らせてよ」
　優しくほほ笑む慶太くん。
　校門を出てから、ちょっと歩けば慶太くんの家なのに。
　優しい、あたしの彼氏。
　ぴゅーっと、突然強い風が吹いた。
　秋の風っていきなり冷たいから嫌い。
「芙祐ちゃん寒くない？」
「んー、ちょっと」
「こっち来る？」

慶太くんがにっこり手招きする。
「行く」
　そんなの迷うわけないじゃん。
　あたしの傘は閉じて、相合い傘に変更。
　差し出された慶太くんの大きい手。あったかい。
　幸せをかみしめながら歩いていたんだけど。
「……坂木ねぇ」
　って突然、慶太くんが呟いた。
「んー？」
「ちょっと妬けるんだけど、これ」
　そう言って、体操服の名前の刺繍を見つめてる。
「本当、芙祐ちゃんと弥生くんて仲いいよね」
「うーん。仲はいいけど……友達だし」
　あたしが返答に困ってたら、慶太くんは軽く笑ってごめんごめんって。
「嘘、嘘。わかってるから。ガキみたいなこと言ったね」
　あたしの髪を撫でる、いつもどおりの優しい手。
　でも慶太くんの気持ちは大丈夫なのか不安になって、見上げたら。
　腕で顔を隠しながら、そっぽ向くの。
「あー。俺、ヤバいね」
　その一言に戸惑っていたら。
「芙祐ちゃんに、はまりすぎたかも」
　慶太くんはそう言って、困ったように笑った。

熱と子羊

「起立、礼」
　あ。ヤバい。また寝てた。
　授業終わりの号令、あたしの仕事なのに。
　ここ最近、寝すぎてほとんどの号令をヤヨにさせてるね。
「わかった。始まりの号令をあたしがやろうか」
「いいから。起きる努力をして」
　呆れてる。
「はー……」
　ヤヨ、今日はなんかため息の回数が多い。幸がどんどん薄くなっていくよ？
「もしかしてヤヨ具合悪いの？」
　ヤヨの顔を覗き込んだ。
「近ぇわ」
　バッとそっぽを向く、そんな場合じゃないよヤヨ。
「顔赤いよ。熱は？」
　額に手を当てると、あたし的感覚で40度！
　バシンッてすぐに手を振り払われたけど。
　いつもより勢いが3割減。
「ちょっとヤヨ熱すぎるよ。保健室行こ」
「平気だから」
「ダメ。あったかくして行こ？」
　あたしの膝かけでヤヨの上半身をぐるぐる巻きにして、

保健室へ向かう。
　ヤヨ、本当にしんどいみたい。
　支えてないとふらっふらだし。
　この毛布ぐるぐる巻きの格好に抵抗しないんだもん。
　いいのかな、オブジェみたいだよ。
　通りすがりのヤヨファンも、「え？」って顔して見送っていくよね。
　保健室に向かう途中、昨日の慶太くんの言葉が蘇った。
『本当、芙祐ちゃんと弥生くんって仲いいよね』
　ヤバいかな。
　ヤヨとこうやって接するの。イヤかな？　慶太くん。
「頭いてぇ……」
「ゆっくり歩こっか」
　でもこんな病人ほっとけないよ。
　ヤヨでもヤヨじゃなくても、こんな状況で知らんぷりするような悪人じゃないよ、あたし。
　藍でも、リコでも、もちろん慶太くんでも、山田でも運ぶよ、保健室。
　寒がっていれば毛布ぐるぐるオブジェにするし。
　大丈夫。これは常識の範囲内。
「もう授業始まるだろ。1人で行けるから」
「あぁもう、そっちじゃないよ、保健室」
　ダメだ、この人。気が張れなくなってるね。

　やっと保健室についた。

「失礼しまーす。せんせー」
　しぃーん。誰もいない。
「体温計どこだろ。あ、発見」
　ヤヨに渡して検温中。
「先生すぐ戻ってくるかな？」
「くるだろ。もう大丈夫だから、ありがとな」
　教室に戻っていいよって促すヤヨだけど。
「先生が来るまでいるよ。心細いでしょ、こんなに具合悪いのに」
　熱でボーッとしてる。潤んだ目。震える子羊ちゃんのことなんか、ほっとけないよ。
　ピピッと高い電子音。検温終了。
「何度？　見せて」
　──38.8℃。
　ヤヨの平熱が何度か知らないけど、絶対超しんどいね。
「あー、寒」
「寒いってことはもっと熱が上がるよ」
　とりあえず、ベッドメイキングは完了。
　雑だって怒られそう。ドキドキ。
「ヤヨおいでー。できたよ」
「さんきゅー……」
　あ。怒られなかった。
　制服のままベッドに寝るヤヨに、布団と毛布をかけて。
「まだ寒い？」
「……大丈夫」

「カーディガンも貸そうか？……って。あたしが昨日ヤヨの長袖借りたせいで風邪ひいたんじゃない？」
　うわ。絶対そうだ。
　あの北風大嵐の中、半袖にカーディガンなんて薄着して帰ったから。
「ごめんヤヨ」
「……違うから」
　って言うと思ったけど、9割あたしのせいだよね。
　ヤヨ……超しんどそう。腕で顔を覆ってる。
　さすがにあたし、罪悪感に胸痛み中……。
　何してあげたらいいかな。
　あ。そうだ。
「ちょっと待ってて」
　ベッドのまわりにカーテンを引いてから、保健室を出た。

　えーっと、一番気の利いた自販機は……たしか2階。
　ついでに職員室に寄って保健の先生を呼んでこよう。
　スポーツドリンクを手に入れてから、職員室に向かう。
「失礼しまーす。保健の先生いませんか？」
　先生にヤヨのこと伝えると、「すぐ行くね」っていうわりにのんびりしてるような。
　まぁいっか。先に行ってスポーツドリンクを届けるね。
　ヤヨもう寝ちゃったかな？
　保健室について、「ヤヨー」って声かけ。
　返事なし。寝ちゃったか。

「……しつれーしまーす」
　カーテンをそっと開けると、赤いほっぺをしたヤヨが目を閉じて、グッスリ。
　……相変わらずかわいい寝顔。
　でも、スマホに保存されている、海で撮った寝顔とは違うね。すっごいしんどそう。
　額に手を当てて見たけど、さっきより熱い気がするもん。
　ハンカチを濡らして額の上に置いておこう。
　うん、なんか原始的。
　よくなれーって念力も送っとくね。一応。
　枕元にスポーツドリンクを置いて、立ち去ろうとしたその時。
「……芙祐」
　ヤヨに手を掴まれた。
「起こしちゃった？　喉、乾いたらそれ飲んでね」
「んー……」
　寝ぼけと熱で朦朧としてない？
　意味があるかはわかんないけど、額の上のハンカチを裏返してみた。
「保健の先生呼んでおいたから、もうすぐ来ると思うよ」
　軽く頷くヤヨ。ついに言葉、聞こえなくなっちゃったよ。
　うーん、大丈夫かな。
「飲む？」
　スポーツドリンクの蓋を外して手渡した。
　飲んだら、ヤヨの目力がほんのちょっと復活。さすが話

題のスポーツドリンクだね。
　さんきゅ、ってかすれそうな小さな声。
　弱ったヤヨってなんかかわいいかもしれない。
　目を閉じて、とっても眠たそうにしてるから。
　寝かせてあげよ。
　そう思ってカーテンの外に出ようと、手を伸ばした時。
「もう行くん？」
　その声に振り返った。
「邪魔しちゃ悪いかな、って……」
　なに、その、目は。
　熱に潤んだ目が、ボーッとあたしを見つめてる。
　まるで、捨てられた子犬のような目をしちゃってズルいよね。
　よしよし。うちで飼ってあげようってなるよ。
「ここにいてよ。暇だし」
「甘えん坊さん」
「うざ」
　ヤヨの風邪は、あたしに責任の一端があるからね。
　ベッド脇の丸イスに腰をおろした。
「先生が来るまでここにいるから、安心して寝ててね。子羊ちゃん」
「誰が羊だよ……」
　そう言いながら、ちょっとまどろんでるのかな。
　すーっごく浅く寝てるよね。ちゃんと寝たらいいのに。
「あー……だりぃ」

「大丈夫? 熱上がってきたかな?」
　額に手を当ててもね。もう無抵抗。
　どんどん調子悪くなってるみたい。
　ヤヨに布団をかけ直しながら、
「何かしてほしいことある?」
　って聞いたら、布団を直してるあたしの手をぎゅっと押さえて。
　熱のせいかな? 切なげな表情。
「……俺の女になって」
　小さい声がポツリと聞こえた。
「……え?」
　一瞬、時が止まってたのはあたしだけ。
　ヤヨの、ぼうっとした目はもう閉じられてた。
　……口説き逃げ?
「寝ちゃった……」
　なんて子。寝ぼけたの? なんなのかな。
「手、離してよ」
　あたしの理性はそう言ってるよ。
　しばらく手を握られたまま。
　ボーッと寝顔を見ていたら、ようやく保健の先生が来てくれた。
　これで安心。よかったねヤヨちゃん。
「おやすみ、ヤヨ」
　握られていた手のひらを、そーっと離した。

熱と悪魔

【弥生side】
　昨日、芙祐と泥まみれになったせいか。
　朝から寒いし、頭痛いけど。
　徒歩10分でつくような距離だし、学校まで歩く。
「弥生、おはよ」
　藍だ。
　いつも彼氏と登校してくるのに珍しい。
「おはよ。彼氏は？」
「風邪で休み。流行ってるよねー」
「おだいじに」
「ありがとう」
「はー……」
　やっぱだるいな。
「どうしたの？　なんかヘコんでるの？」
「いや」
「また芙祐と何かあった？」
　ニヤッと笑う。わかりやすく面白がるな。
　残念ながら何にもねえよ。
「弥生も健気だよね、うんうん」
「何がだよ」
「弥生かわいそうだからいいこと教えてあげようか」
　歩きスマホしながら、俺をチラッと確認。

「なんだよ」
「あんまり大きい声で言えない」
　ちょっとこっち、って呼ばれて藍に近づいた。
「……芙祐ね、慶太くんと未遂だって」
　って耳打ちされた。
　　……未遂？
「できなかったんだって。よかったね」
「……」
　いや、全然よくないけど。
　なんで朝からそんな話、聞かなきゃなんないの。
「あれ？　弥生うれしくないの？」
「もうなんか、そういう雰囲気になってることが無理」
「だよね」
　だよねって。
　藍にまで芙祐の悪魔が乗り移ったんじゃねえの。
　あー、頭いた。
「もちろん、続きがあるよ」
　藍がニヤリと口角を上げた。
「芙祐がね、できなかったの『ヤヨのせいかも』って言ってたんだよ」
　藍がいたずらっぽく笑う。
「くわしく聞いてないからどういう意味かはわかんないけど、よかったね？」
「なんだそれ」
　人のせいにすんな。悪魔。

でも。うん。結果防げたならよかったけど。
「今日も頑張れそう？」
　本気で心配してくれてたらしい。
　いいヤツ。あの悪魔にはもったいないほどいいヤツ。
「ありがと」
　教室についてから、机に突っ伏した。
　だるすぎ。

　小テストを終えたころ、芙祐が来て保健室に連行された。
　俺が保健室の真ん中にある長イスに座っている間、一生懸命シーツや布団を直してる、芙祐。
　……こいつが本物の悪魔ならいいのに。
「ヤヨおいでー。できたよ」
　ベッドに横になったら、布団までかけてくれて、「まだ寒い？」って心配顔。
　……本当の悪魔なら、お前のことなんか。
　白い天井。熱と寒気。
　まぶたがだんだんと重くなってきた。
　目を閉じると、うっすらと夢の中で、芙祐が笑う。
　無邪気な、悪魔。
　夢か、現実か。
「……芙祐」
　手を伸ばして、芙祐の手を追った。
　……掴めた。現実か。
　看病してくれてるらしい。

「飲む?」
　首をかしげて、ペットボトルを差し出す芙祐。
　誰にでも優しい。わかりきったこと。
　……やっぱり芙祐が好きだ。
　頭がボーッとする。
　夢でも現実でもなんでもいいや、もう。
『芙祐ね、慶太くんと未遂だって』
　最悪。イヤなこと思い出した。
『ヤヨのせいかもって言ってたんだよ』
　そうやって俺を期待させるようなことを言ったのは……藍か。
　芙祐は……。
　ヤバい。熱、絶対上がった。ぐらぐらしてきた。
「あー、だりぃ……」
「大丈夫?　熱上がってきたかな?」
　芙祐の手が額にのった。
　冷たくて気持ちいい。
「何かしてほしいことある?」
　大きな目が俺を見つめる。たぶん現実?　夢?　頭痛い。
　してほしいことって、この熱下げて。悪魔の使い……。
　そうじゃないなら
「……俺の女になって」
　あー、これ。たぶん夢だ。
　起きたら1時間たっていて、保健の先生に帰るように指示された。

徒歩10分。
　家についてドアを開けると、出迎えてくれるトイプードルのモグ。
　ワシャワシャと頭を撫でた。
「あ。そうだ」
　忘れてた。
　電話しないと。
　スマホを取り出して、履歴をタップ。
《もしもし？》
「麻里奈ごめん、風邪ひいたから今日は会えねえわ」
《風邪？　大丈夫？　学校終わったらお見舞いに何か持っていこうか？》
「いや、大丈夫。ありがとな」
　電話を終えて、着替えて。
　芙祐のくれたスポーツドリンクを飲み干してから、就寝。
　せっかく寝たところだったのに、ヴヴヴ……と、スマホが震えた。
「んだよ……」
　メール受信：土屋芙祐
【早く元気になーれ(´・ 3 ・`)】
　なんだよこれ。顔文字センスねえな。
「……ははっ」
　……元気出たかも。

あたしたちの価値観

　移動教室から戻ってくると、ヤヨの机はすでにカラッポ。
　ヤヨ、もう帰ったみたい。
「芙祐ちゃん」
　今日も慶太くんとお弁当を食べる。
　カップルっぽいよね。
「慶太くん、今日は藍ちゃんと３人でもいい？　匠くんお休みだから」
「了解。風邪流行ってるよね。はいこれ」
　３人で廊下のベンチに移動。
　今日はここでお昼ごはん。他愛もない話が進む。
　ふと、ヤヨのこと心配になってきた。
　ちゃんと家についたのかな。
　さすがについたよね。子どもじゃないし。
　……。
　うん、でも一応メールしとこ。
「芙祐ちゃん？」
「んー？」
「今日の放課後、俺は用事あるから、先に帰ってて」
「そうなんだ。わかったよ」
「藍ちゃんは匠の家に行くんだ？」
「うん。一応行かないと拗ねそうだし」
「はは。わかるかも」

お弁当も食べ終わって、のんびりしたころ。
「慶太ー！　次は同じ班だよ！　早く行こ～」
　元気に慶太くんを連れ去ろうとするのは。
　英文科の女子。
「じゃあ、そろそろ行くね」
「うん。じゃあまた明日かな？」
「そうだね。また明日」
「ばいびー」
　慶太くんが隣の棟に戻っていく。
　英文科の女子は、慶太くんの制服の袖元、ちょこんとつまんでる。
　……あざとい。
　なんちゃって。
「芙祐ってすごいね」
「何が？」
「私だったら今日の放課後なにがあるの？　とか聞いちゃいそう」
　怒らないのはすごい、尊敬するとか言うけど、藍ちゃん。
　ほんとは違うんだよ。
「彼氏の100％を知ろうとすることは愛じゃないよって、最近思うようになってきた」
「何その名言」
「言ってみただけ」
「何それ」
「信じてるもん慶太くんのこと。裏切られたら信じるのや

める」
「わかるようでわかんない」
　要するにね。
　束縛は。
　するのも、されるのも、嫌いってこと。
「さっきの女子も、あんなふうにくっつかれてイヤじゃないの？」
「そんなにくっついてないじゃん」
「私はイヤだなぁ、匠が女子と仲良くするなんて」
「藍ちゃん、世の中には男と女しかいないんだよ」
　慶太くんの交友関係を半分にする権利、あたしにはないからね。
「じゃあ、今のが弥生だったら妬く？」
「なんでヤヨ!?　妬くわけないじゃん！」
「ふぅーん」
　何その目は。
　本当に妬いてないんだけど。
「芙祐はよくわかんないなぁ。本当は弥生のこと好きなんじゃないの？」
「ヤヨは友達。ちゃんと慶太くんが好きだよ」
「だって、この前、慶太くんと……」
　突然、藍の声が小さくなった。
「慶太くんと……未遂に終わったって言ってた時、『弥生のせい』って言ってたじゃん」
「うん、言ったね」

「弥生が頭に浮かんで、できなかったってことでしょ?」
　うーん、まぁ、そうだけど。
　より丁寧に言うなら、
「ヤヨが『貧乳』って言ってたこと思い出してできなかったんだよね。やっぱり胸はあったほうがいいかな?　とか思って」
　藍ちゃんがわかりやすいくらい、ぽかーんとしてる。
「ごめん弥生……」
「なんでヤヨに謝るの?」
　ヤヨは家だよ。変な藍ちゃん。

　２日後、学校についたらヤヨがいた。
　ヤヨ復活。
　おめでとう。
「ヤーヨーちゃん」
「なんだよ」
「前の席が空っぽだと寂しかったよ」
「はいはい、どーもな」
「鼻声かわいいね」
「うざ」
「これ、休んだ分のノートだよ」
「マジで?　ありがと」
　うれしそうにノートを受け取るヤヨ。
　引っかかったな、愚か者よ。
「というわけでお願いなんだけど、今日の放課後の雑用さ

ぼりたい」
「どうせあいつとデートだろ」
「エスパーがいる」
　はぁってため息。ヤヨちゃん、だから幸せ逃げるってば。
「遊んでばっかりで、テストいけんの？」
「任せて。今回も頑張るよ」
　前日に。魂を捧げるつもりだからね。
「なんでこんなヤツが頭いいんだよ」
「ちゃんと授業聞いてるからね」
「嘘つきが。寝すぎだろ」
　本当だよ。
　ヤヨが休んでる間、１分たりとも寝ずにちゃーんとノートとったんだから。
　恩知らずのワンちゃんには、意地悪したくなるよね。
「俺の女になって」
　ヤヨに言われたそのセリフ。
　ヤヨの耳元で呟いてみたら。
　ガタンッと、机にぶつかって、あたしのほうを向き直す、ヤヨ。
「……なん」
　みるみるうちに赤くなる。何それ、かわいいんですけど。
「あれは……ほら……」
　しどろもどろ。あわあわ。
　なにそのリアクション？
　あたしまで照れるじゃん。

寝ぼけてただけでしょ？
「嘘だから！」
「わかってるよ」
　シィーン、と2人の間だけに沈黙。
　教室のざわざわ、ありがたや。
「芙祐ー、弥生ー、おはよ。って何？　2人してなんで固まってんの？」
　登校してきた藍ちゃん、ナイスタイミング。朝からいいシゴトするよね。
　藍ちゃん、ヤヨを見るなり、「弥生、ごめん。この前言ったことなんだけど、間違いだった……」
　なんだか深刻な話？
　こそこそ話を始めちゃった。
　あたしの前で、ひどい。仲間はずれだ。
　でも文句は言わないよ、藍ちゃんだからね。
　キーンコーンカーンコーン……。
　ホームルームのチャイムが鳴って、みんなが席に戻る時、ヤヨがあたしに振り向いて
「この貧乳女」
　って、なんの悪口。

　ヤヨと匠くんの風邪も治って、寒さが増した12月。
　定期テストがやっと終わったところ。
　今ね、例によって魂抜けてるからね、あたし。
　でも気合い入れて、今日の放課後は慶太くんとデート。

にっこり笑って慶太くんの手を繋ぐ。
　夜の道。
　肌寒いから、ちょっとくっついて歩くね。
　街はところどころで電飾が煌めく。
　水色と青と白。爽やかな色の光、好き。
「芙祐ちゃん、クリスマスどうしよっか」
「クリスマスね、あたし門限ないよ」
「へぇ、なんで？」
「パパとママは毎年どこかに泊まりに行くの。デート」
「仲いいんだね」
「へへへ」
　あ。そうだ。
「あたしの家に泊まりにくる？　誰もいないし」
「え？」
　慶太くんのリアクションで、我に返ったよ。
　なんのお誘いしちゃってるのかな、あたしったら。
　うん。やめとく、取り消す。
「いや、やっぱりどこかでデートしよっか」
「うん。わかった」
　わかられた。あっさり。
　慶太くんて、いつも優しくて、あたしに合わせてくれて。
　欲とか、ないのかな??
　っていうか、手慣れた慶太くんにとったら、〝初めて〟とか面倒くさいもんね、きっと。
　なんとなくしょんぼりしていたら、

「どこかでデートしてから芙祐ちゃん家でお泊まりは？」
「え？」
「泊まっていいんでしょ？」
　慶太くんはそう言って、ニヤッと笑う。
　その笑顔の意味、わかってるよ。
「うん。うん、わかった。今度こそ頑張れるように」
　努力します。って、何を言ってるんだろ。
　赤くなる頬を両手で押さえながら、慶太くんを恐る恐る見上げた。
　そしたらクスッと笑われた。
　……ひどい。
「かわいすぎるから」
　ぐっと、顔と顔の距離を縮められる。
「な」
　何も言えません。その近さ。
「……リベンジする？」
　色気溢れるその低い声に、こくん、と頷くあたし。
「ははっ」
　12月の寒空の下。手を繋いで。
　慶太くんはあたしに優しくキスをした。

Xmas

「藍ちゃん、決まった？」
「うーん、迷うなぁ」
　クリスマスのために、彼氏へのプレゼントを選び中。
　慶太くんの欲しいもの、ぜーんぜんわかんない。
「匠くんとお揃いにしちゃおっかな」
「男同士でおそろって」
「うん。やめようね」
　何がいいのかなぁ。
　なんとなく入った雑貨屋さん。
　入り口に並べられたブランケット、かわいい。
　ヤヨも授業中に膝かけでも使ってれば風邪なんてひかないのに。
　って、あの風邪はあたしのせいか。
「芙祐一、このマグカップ見て」
　藍ちゃんが指さすペアの白いマグカップ。持ち手はゴールドで犬のモチーフつき。
「かわいいね」
　プードルもある。超かわいい。
　ヤヨの愛犬、モグちゃんみたい。
　……って。
「さっきから、ヤヨへのプレゼントばっかり思いついちゃうよ」

「浮気？」
「とんでもないよ」
　慶太くん、香水好きだろうけど、アロンのままでいて欲しいし。
「何を買おう？」
　頭から煙が出るほど悩んでるけど思いつかない。
「芙祐が彼氏へのプレゼントで悩むのって珍しくない？」
　うん、たしかに。
　いつもパッと目についたものあげてるからね。
　所要時間１分の早業。
「原点に返ったよ、藍ちゃん」
「えー？」
　パッと目についたものが、きっといい。
　インスピレーション超大事。
「これに決めた」
「いいね、似合いそう」
　シルバーのネックレス。
　超シンプルだけど、絶対似合う。
　藍ちゃんも匠くんへのプレゼントを決めて、準備おっけーだね。
　途中、ランジェリーショップに立ち寄った。
　今まで買ってムダだった勝負下着もあるけどね。
　一応ね。
「はぁ!?　お泊まり!?」
「うん。声が大きいよ」

「大丈夫なの？ それ……」
「大丈夫じゃないかなぁ？ 今度こそ」
　藍ちゃん心配そうだけど、頑張れって応援してくれるから好き。
「これ盛れるかな？」
　貧乳問題はまだ解決してないからね。
「あのさ、芙祐。盛れたとしてもバレるから」
　なんて的確なアドバイス。
　危ない危ない。
　てんこ盛りするところだった。

　今日はクリスマスイブ。
　ギリギリながら、今夜のために部屋を掃除したところ。
　んー、疲れた。
　ぐっと伸びをして、ひと休み。
　約束は今度こそ、17時。午後5時。
　もうそろそろお菓子を調達に行かなくちゃ。
　ほんとはケーキとか焼きたいけどね。
　今日は慶太くんが泊まってくれる家が燃えてなくなると困るから、焼かないよ。
　イブの昼下がり。
　歩く道、どこもかしこもクリスマス仕様。
　カップルもいっぱい。そうじゃない人もいっぱい。
　電飾の巻かれた木々。流れる音楽。
　大好き。見てるだけでハッピー。

お店について、お菓子をチョイス。
　いっぱい買っちゃえ。買いだめだ。
　2000円以上買っちゃったからね。
　お店のクリスマスイベントの景品で、マスコットもらえるみたい。
　犬か、サルか、キジか……なにこの選択肢。
「犬ください」
　ワンちゃん、結構かわいいじゃん。

　買い終わって店を出る。
　雪は降ってないし、降る気配もない。
　空は澄んだ青、快晴。でも超寒い。
　いったんコンビニとか入りたいかも。
　きょろきょろと建物を探していたら、道路の反対側に、ヤヨ発見。
「ヤヨーーーー」
　大きい声で呼んだら、
「声でかい」
　って口パクで返ってきたよね。
　横断歩道を渡って。
　ヤヨの元まで、ちょっと小走り。
　だってあのワンちゃん、すぐ逃げそうなんだもん。
「クリぼっち？」
「うざ」
「さっきね、これ見つけたの」

「いきなりだな」
　紙袋の中身、ガザゴソ探して。
　あ、あったあった。
「冬休み明けたらヤヨと食べようかと思ったんだけどね、我慢できない」
　期間限定、抹茶味のチョコクッキーだよ。
「超おいしそうじゃない？」
「うまそう。初めて見た」
「幻の復刻版だからね」
　ヤヨうれしそう。
　ほんと好きだよね、抹茶のお菓子。
　ひとくちパクリ。
　思わずあたしたち、顔を見合わせちゃった。
「感動的においしいね」
「これどこに売ってんの？　買ってこようかな」
　ヤヨにもヒット。よくやった、あたし。
　おいしそうに食べるね。素直なヤヨちゃん。
　あたしが作ったわけじゃないけど、なんかうれしいな。
「そうだ、ヤヨちゃんヤヨちゃん」
　紙袋ガサゴソ。
「……あった。はい、これクリスマスプレゼント。景品でもらったワンコだよ」
「いらない物おしつけんな」
「失礼な」
　かわいいからあげたいなって思ったのに。

無礼者め。
「こんなにかわいいのに。ヤヨのバカ」
「てかイブなのに彼氏といなくていいのか？」
「慶太くんとは今日の夕方から遊ぶんだよ」
「へぇ」
「ヤヨは……」
　もしかして、これから麻里奈ちゃんと会うのかな？
「なんだよ」
「ううん」
　いいや。キョウミナシ。全然ナシ！
「て、ていうか。本当にこれいらないの？」
　マスコットのワンコを左右にぶらぶら揺らして。
　ヤヨはだんだん欲しくなーる……。
「じゃあもらう」
　ヤバ。催眠術かかったかも。
「かわいくなってきた？」
「犬に罪はないからな」
　出た、犬好き。
　にしても寒い。
　ほんと寒い。スカートで来たの失敗。
「マスコットかわいがってあげてね」
「どうやって。あ、じゃあ俺も。はい」
　クリスマスプレゼントって渡された、白くて四角い何か。
　あ、ホッカイロ。使いかけ。
　超うれしい。今ちょうど欲しかったところだよ。

「ありがとー」
　ヤヨちゃん優し。
　心までほっこりしちゃうよね。

　家について、パパとママを送り出してから。
　思ったより時間があったからね。
　髪の毛はランダムに巻いてから、ハーフツインテール。さらにくるりんぱでねじ伏せる。
　服は藍ちゃんと選んだピンクのフレアスカートに、白地に黒のチビリボンがいっぱいついてるカーディガン。
　うん。ガーリー。超かわいい。
　残念ながらコートで全部隠れるけどね。
　手袋なんてヤボなものは持っていかないよ。
　寒さ対策はファーと、ヤヨからもらったホッカイロ。
　編み上げニーハイブーツ履いて、身長伸ばしたら、完了。
　17時前。支度完了。
　ゆっくり歩いて駅に向かう。
　お昼より寒いけど、ホッカイロ、まだ効き目アリ。
「芙祐ちゃん」
　その声のほうには、慶太くん。
　姿を見た瞬間にドキッとする。危ない、心臓が飛び出るところだった。
「その髪型かわいいね」
「ありがとう」
　今日もアロンのいい匂い。

ぎゅっと手を繋いで道を歩く。
　電飾はパアッと光を放ってる。この道の電飾は、暖色系。
「キレイだねー。そうだ写真撮らない？」
「いいよ」
　慶太くんと写真撮るの、意外と初めて。
　カバンの内ポケットからスマホを取り出し、インカメラ起動中。
　ぐっと距離を狭められた。
「あは。めっちゃ近い」
　そう言って照れるあたしを見た慶太くん。
　なんだかうれしそう。
　２人でピース。
　写真に収まる慶太くん、超カッコいいんだけど。
　恋は盲目とかじゃないよ。
　優しそうな、甘々フェイス。
　整った顔立ちだよね、ほんと。
　記念撮影バッチリ。
　５枚くらい撮って、満足した。
「ここのイルミ１周したいなぁ」
「俺もそう思ってた」
　じゃあそれで決まり。
「寒くない？」
　優しい慶太くん。そう言って差し出してくれた手のひら。
　恋人繋ぎ。一番あったかい。
　イルミネーション広場の真ん中に到着した。

クリスマスツリーの前では、うっとりと眺めるカップルでいっぱい。
　どこもかしこもプレゼント交換大会してる。
　……あたしもあげたくなってきた。
　あたし〝ザ・日本人〟だからね、まわりの空気に流されやすいんだよね。
「慶太くん、これプレゼント」
「マジで？　ありがとう。俺からも」
「ありがとう」
　お互い小さな箱を贈り合い。
　開けてみたら、ステファニーの指輪。ナローリング。
　きらきら、シルバーが輝いてる。
　刻印が入ってるだけの、シンプルなデザイン。
「かわいい……」
　つい感想がこぼれちゃった。
　だって、あたしの趣味のど真ん中なんだもん。
　右手の薬指につけてみたら、びっくりした。
　ジャストサイズ。
「なんでサイズわかったの？」
「指、触ればわかるよ」
「チャラすぎる……」
「あはは、嘘だからね。さすがに」
　正直、どこまで冗談かわからないよ。
　そもそも慶太くんて何人と、どんなお付き合いしてきたんだろう。

未知……。
「うれしい。ありがとう。ずっとつけるね」
「そうして。変なの寄ってくるのイヤなんだよね」
「誰も来ないよ」
「どーだかねー」
　あたしからのプレゼントを、笑いながら開けた慶太くん。
　シルバーのネックレス、喜んでくれた。
　その場でね、つけてたネックレスを外して、あたしがあげたほうをつけてくれたの。
「似合う。カッコいい」
　っていうか、大好き。
　そういう優しいところも全部。
「ありがと。すげーうれしい」
　なにその笑顔、眩しすぎ。

　プレゼントも交換して、お店でごはんも食べて。
　次はあたしの家に行くんだけど。
　……だけど、決心が揺らいできた。今さら、ド緊張。
　勝負下着、つけてるんだけど。
「こっちの道のイルミもキレイじゃない？　行かない？」
　って寄り道の提案するのは３回目。
　でも慶太くんは「行こうか」って、付き合ってくれる。
　うん、キレイ。
　ヤバい、この先の突き当りでイルミ終わっちゃう。
「あ。ケーキ、買っていかない……？」

「いいよ」
　少しずつ遠回りしてること、バレたかな。
　慶太くん、苦笑いしてるよね。
　……今、無事に、4号サイズのイチゴのホールケーキを買っちゃったところ。
「……あと。えっと」
「芙祐ちゃん。いいよ。今日は送っていくから」
　にっこり、笑顔の慶太くん。
　優しさ溢れ出る慶太くん……。
「ち。違くて……」
　思わず、しどろもどろ。
　決心つけてきたはずなのに。
「好きな女、無理やり抱くような趣味ないから」
　ね？　って笑う慶太くん。
　あたし、その声に心臓がバクバクしている。
　……色気大魔神。
「……泊まってください」
　そう言ったら、足を止めた慶太くん。
「止まってじゃなくて。……うちに泊まって？」
　恐る恐る見上げたら、一瞬きょとんとして、
「はは……っ」
　っていつもみたいに笑った。
「芙祐ちゃんはズルいね。……本気？」
「うん……したい」
「……」

……だ。黙っちゃった！
　　慶太くん、何か言って。
　　顔熱い。熱い。顔どころか全身から火が出そう。
　　ホッカイロのバカ。ヤヨのバカ。
「……はー」
　　沈黙を破ったのは慶太くんのため息。
　　……ハズシター。
　　顔を手で覆って、現実逃避。
　　すごいこと言った。今すごいこと言った、あたし。
　　したい、って。バージンなのに痴女か。
「芙祐ちゃん」
　　あたしの手を顔から離させると、
「もう逃がさないけど、いいの？」
　　慶太くんが、いたずらっぽく笑った。

リベンジ

　ついに。
　家に帰って、あたしの部屋で2人きり。
　ケーキは冷蔵庫に入れたし、コートもかけた。
　……緊張。今までこんなに緊張したことないよ。
　時刻21時前。
「芙祐ちゃんの部屋、女の子って感じだね」
「そうかな？」
　慶太くんは落ちついて、出した紅茶を飲んでる。
　慣れてるんだなぁ。こういうこと。
「芙祐ちゃんさ、構えないでよ。そんな突然襲わないから」
　苦笑いで両手を挙げる慶太くん。
　何もしません、だって。
　気を紛らわせてくれてるのかな？
　テレビをつけて、ちょうどやってた映画を鑑賞中。
　慶太くんはたまに声を出して笑うくらい、楽しそうに見ているけど。
　あたしには内容が入ってこないよ。全然。
　きらりと輝く薬指のリング。眺めてみた。
『指、触ればわかるよ』
　どこまで嘘なのかな。慶太くんって。
「慶太くんは何人の子と付き合ったことがあるの？」
「んー？」

にっこり、笑って流された。
　両手両足じゃ足りないと見た。
　あたしって、数あるうちの１人なんだろうな。
　そりゃそうだけど。慶太くんだもん。
　でも、こんなに余裕にされる？
　あたしは紅茶も喉を通らないのに。
「そういえば、この前、匠と藍ちゃんがさ」
　藍ちゃんカップルの面白話とか、学校であった面白話とか、なんでこんなにいつもどおり話してるの？　慶太くん。
　クリスマスだし。
　ていうか、初めて家に来たんだし……ちょっとは、ドキドキしてよ。
「慶太くん」
　隣に座るあたしのほうを向いた瞬間。
　ちゅ、って音を立てて、唇を重ねた。
　ムカつくんだもん。
　ぎゅーって抱きしめたら、いい匂い。
　アロンだけじゃない。慶太くんの匂い。
「……人がせっかくムードぶち壊してあげたのに」
　慶太くんの声が耳元で聞こえる。
　バッと体を離されて、何度もキスされた。
「……んんっ」
　思わず、声が漏れちゃう。
　突然のオオカミなんだもん。
　まっすぐあたしを見つめる瞳。

「もう無理。理性飛ばしたの芙祐ちゃんだからね」
　ふかふかのシングルベッド、白いシーツの上。
　慶太くんはあたしを押し倒して、キスを降らせた。
「け……たくん」
　緊張しすぎて、心臓バクバクしすぎて、思わず涙腺が緩むあたし。
　慶太くんはそんなあたしを見おろして、くすりと笑った。
「かわい……大好きだよ、芙祐ちゃん」
　両腕を押さえられながら、キスが首元に降りていく。
「……っ」
　──恥ずかしくて、死ぬ。
　慶太くんの手があたしの両手を解放して、髪を撫で、肩を伝った。
　優しいその手は、あたしの服のボタンをゆっくりと外していく。
　……。
　……。
　真っ暗な部屋。テレビの光と音が混ざる。
　体中。痺れるほど、いろいろな刺激の中。
「好きだよ」
　慶太くんのその声に、思わず目が潤んじゃったけど。
「あたしも……大好き」
　そう言うあたしをぎゅっと抱きしめてくれた。
　慶太くんは最後まで優しかった。
　──土屋芙祐、16歳のクリスマスイブ。

大好きな彼に初めてを捧げました。
　　……。
　　……。
　　ベッドの中で手を繋ぐ。
　　恥ずかしくて顔合わせられない……。
「大丈夫？　痛くない？」
　　髪を撫でられた。
「だいじょう……あんまりこっち見ないでよ」
「芙祐ちゃん、めちゃくちゃかわいかったよ」
「……バカ」
　　恥ずかしいけど、ぎゅーって抱きしめた。
「慶太くん大好き。だーい好き」
　　ははっと笑う、うれしそう、慶太くん。
　　そんな彼の柔らかい唇に、そっとキスをした。
　　服を着て、電気をつけて。
　　なんでだろ。さっきより恥ずかしい……。
「芙祐ちゃん。こっちおいで」
　　手招きされて、慶太くんのすぐ隣に座った。
　　ドッコンドッコン心臓うるさい。
　　あたしの寿命が削れていく気がする。まずい。
　　この場から離れよう。そうしよう。
「ケーキ、せっかくだし、少し食べない？　持ってくるね」
　　脱走に成功。
　　慶太くん、くすくす笑ってたなぁ……。

１回、冷蔵庫の前で深呼吸。
　落ちつけ、あたし。
　部屋に戻って、もう１回深呼吸。
「ケーキ、このくらいなら食べれる？」
「うん、ありがと」
　ケーキをつつきながら、テレビを見ること30分。
　やっと平常心、戻ってきたかも。
「そうだ。さっきツリーの前で撮った写真見せてよ」
　って慶太くんに言われて、スマホを取り出した。
　ツリーの前で、仲良くツーショ。
　慶太くん、カッコい。
　さっきよりカッコよく見えるのは、きっと色気大魔神に腰砕かれたから。
　スマホの写真を一緒に眺めてたら、家の電話が鳴った。
「あ、この電話、絶対パパだ。家にいるかの確認なんだよね。ちょっとごめん、写真見てて」
　電話に出たらやっぱりパパ。
　ちゃんと帰ってたか。何してる？って心配性。
「テレビ見てるよ」って答えとく。
　嘘はついてないよね。

　部屋に戻ったら慶太くんが固まってた。
「どうしたの？」
「これ……なに？」
「んー？」

スマホを覗いたら、上半身裸で寝てるヤヨ。
「これは！」
　海で。テントで寝てたヤヨを隠し撮りした時の。
「……」
　慶太くんが絶句してる。
「ちが！　違うからね？」
　上半身裸で寝てるし、そういうふうに見えるかもしれないけど、これテントの中だから。海だから！　裸じゃないから！　写ってないけど水着を着てるから！
「……え？　マジで？」
　あたしが慌てれば慌てるほど慶太くんの中で誤解が。
「ふぅ。違うの。これは海に行った時に、ヤヨが寝てたから撮ったっていうか」
「あぁ、そう」
　ずずっと紅茶飲んだ、慶太くん。
　人は言いたいことを飲み込む時に、水を飲むとか飲まないとか。
「本当だからね？」
「うん、わかったよ」
　慶太くんのにっこり、なに考えてるかわからない。
「慶太くんが初めてだからね」
「うん」
　あ、笑われた。
「初めてかどうかくらい、わかるから」
　ニッといたずらっぽく笑う。ズルい。

あたしの赤面どうしてくれる。
「慶太くんはそんなに経験豊富なの？」
「んー？　芙祐ちゃん、イチゴあげようか？」
　また、流された。話変えた。
　差し出されたイチゴ、ぱくり。食べてやる。
　否定しないんだし、慶太くんだし。
　何百人とは言わないけど本当に多そう。
　あたし初めてだから、よし悪しはよくわかんないけど。
　ヤバかったもん。魂、引っこ抜かれたもん。
　そんなに女の子を知ってるなら……。
「胸、小さくてびっくりしなかった？」
　小声でインタビュー。
「なに言ってんの」
「だって、貧乳だし。よく言われるし」
「そんなこと気にしてたの？」
　なんでもないようにさらりと言われた。
「芙祐ちゃんキレイだったよ」
　ニヤリと笑う慶太くん。
　あたし、思わず顔を伏せちゃった。
「もうやだ色気大魔神……」
「あはは」
　顔を伏せたあたしの頭をポンポンと撫でる、慶太くんの優しい手。
「貧乳なんて全然思わないよ。誰が言うのそんなこと」
「ヤヨだよ」

って即答してから、失言に気づいた。
　別の意味で顔を上げられないよね。
「……また弥生くん」
　慶太くんの笑顔が怖すぎてチラ見。
「はー……弥生くん殺したい」
「え!?」
「ははっ、冗談」
　びっくりした。
　安堵するあたしの顔を見て、慶太くんはふっと笑った。
「まぁいいや。俺のだし」
　頬を押さえられて、少し強引にされたキス。
　唇が離れた途端、強く抱きしめられた。

嘘つきの告白

　３学期に入ってからの先生、絶対に人づかいが荒くなったよね。
　家族サービスかな？
　子ども産まれたもんね。早く家に帰りたいんでしょ。
　それなら特別に許すよ。あたしも鬼じゃないからね。
「ヤヨ、もう少し左が上。２ミリくらい」
「なんでお前、掲示物の貼り方にだけは細かいんだよ」
「気になる。Ａ型だし」
「……嘘だろ」
「うん。嘘。あ、それだと上すぎ。ちょっと下げて？」
　できた。完璧。
　掲示板、超キレイ。
「冊子作りも同じくらい繊細にやれよ」
　そう言いながら、目の前の机に並べられるプリントの山。
　先生、あたしやっぱり鬼デビュー。
　ちゃんと自分でやってよね。
「まぁ、早くやろうぜ」
　パチリ、パチリ。
　地味な作業。
　四隅を揃えないと怒られるから、最初の４部はかなりキレイ。
　でもそのあとに作ったのは、今のところ全部怒られてる。

冊子も、できあがった。
　社会の資料室に置いたら終わり。
　そのまんま英文科に寄って、慶太くんタイムだなぁ。楽しみ。
「浮かれてんなよ。落とすぞ」
　あたしの持っていた冊子の半分くらいを、ヤヨが取り上げた。
　優しいメンズ。ヤヨ。
「ありがとーっ」
「痛ぇよ、やめろ」
　体当たりしたら怒られた。
　ごめんね、あたし今テンション高いんだ。
　慶太くんにすっごく会いたいんだよね。
　そんな日ってあるよね。
　暗くて狭い資料室。
　パチリと電気をつけた。ホコリっぽい。
「ここに置いといたらいいかな？」
　早く英文科に行きたいから。
　棚の上にどすんと置いた。
　バラバラバラ……。
　急がば回れって言うよね。
　もう少し丁寧に置けばよかった。
　雪崩が起きた。
「芙祐さぁ……」
　ヤヨも、これには苦笑い。

冊子だけじゃなくて、隣に積み上げられてたプリントも、全部崩れたからね。
「ごめん」
「いいけど」
　しゃがみ込んでプリントを仕分ける。
　なんて地味な作業。
「浮かれてるから落とすんだよ」
「だってなんか、慶太くんに早く会いたいんだもん」
「……あっそ」
「ヤヨは？　もしかして、今日も麻里奈ちゃんがヤヨのこと待ってる？」
　あたしがやるから帰っていいよって慌てて言ったのに。
「待ってないし。怖がりのくせにそんなことよく言うな」
　呆れてる。
　たしかに、そういえば、こんな部屋に１人ぼっちとか怖いかも。
　社会科資料室って、なーんか暗い雰囲気だもん。
「お付き合いお願いします」
　ぺこりと頭を下げた。
「はいはい」
　床に座り込んでプリントを仕分ける。ヤヨは器用だから、あたしの２倍の速さ。
「ヤヨちゃんは頼りになるなぁ」
「言ってろ」
「本当なのに」

使えるヤツとか、そういう意味じゃないのに。
「親切だし優しいし、モテる男は違うね」
　って意味だよ。
「……誰にでもそうだと思う?」
　ヤヨは手を止めて、いきなり真剣な顔であたしを見た。
「誰にでもそうじゃん」
　ヤヨは親切な子じゃん。
　あたしちゃんと見てるもん。知ってるよ、そんなこと。
「やっぱお前バカだわ」
「口の悪い猫ちゃんだね、びっくりした」
　ていうか、人のことバカって言うけど、この前のテストの総合点、ヤヨに勝ったし。って言おうかと思ったその時。
「あのさぁ」
　ヤヨがあたしに詰め寄った。思わず座ったまま後ずさり。
　背中に壁が当たった。
「な、な」
　なに。怒ったのかな?
「人のこと犬とか猫とか……いい加減にしろよ」
　し、き、ん、きょ、り。
「……近いから」
　顔をそむけて、逃げ場を探した。
　ないよ、そんなもの。
「お前以外に優しいなら、それは偽善なだけだから」
　ヤヨの顔をそーっと見上げたら、ニヤリ、口角を上げた。
　戸惑った、その一瞬。

顔を近づけられたと思ったら、ちゅ、って音を立てて。
　ヤヨと、２回目のキス。
　……奪われた。
　呆然と動けないあたしに。
「はい、浮気」
　ヤヨはそう言って、嘲笑った。

　ヤヨを置いて、大慌てで逃げてきたけど。
　英文科の教室の前で、一時停止。思考開始。
　……浮気？
　どうしよう。しかもこれで２回目のキス。
　……でも。慶太くんには言わなきゃわからないはずだし。
「あれ？　芙祐ちゃん。終わってたんだね」
　帰ろうかって、にっこり笑う慶太くん。
「……うん、帰ろ」
　どうしよう。どうしよう。
　言わなきゃバレないし、言わなきゃなかったことになるし、黙っておけば……。
「なんかあったの？」
「え!?」
　ドッキンって、心臓半分くらい飛び出たと思うよ。
「……」
　無言であたしを見つめるその目が。
「もしかして……見てたの？」
「何を？」

見てるわけないじゃん。
　あんなところに行くわけないじゃん。
　何、墓穴ほってんの、あたし。
「なんでも……な」
　……っ、めちゃくちゃ見てる！
　訝しげに見つめる慶太くんに、固まるあたし。
「もしかして弥生くん？」
「……」
　嘘も隠しごとも、悪人の所業だね。
　しちゃいけないことだよね。
「ごめんなさい。ヤヨに……キスされた」
　あたしの小さすぎる声に。
　慶太くんは、
「はー……」
　って、深いため息。
　宙を見つめてから、あたしの目を見た。
「芙祐ちゃんも同意で？」
「そんなわけないよ」
「……」
　もう1回、慶太くんがため息をついて、しばらく見つめ合ったまま動かないあたしたち。
「……帰ろ」
　慶太くんは突然そう言って、あたしの手を取った。
「え？」
　スルー？

なにこれ、予想外の反応。
「なんで何も言わないの？」
　あたしだって、殴られるくらいの覚悟はあるのに。
「すんだことは仕方ないでしょ」
　……そういうもんなの？
　慶太くんの考えていること、わからないよ。

　夕暮れの玄関、薄暗い下駄箱の前。
　あたしがローファーを履くのを、慶太くんが待ってるところ。
　そしたら、あたしの後ろのほうに視線を移したから、あたしも後ろをふり返ろうとしたんだけど。
「キスしよ」って耳元で囁かれた声に固まって。
　その隙に、慶太くんの唇が、あたしの唇に優しく触れた。
　……赤面。
　不意打ちに弱いよ。
「俺のこと好き？」
「大好き」
「じゃあいいよ。勝手にされたキスなんかカウントしないから」
「……はい」
　にこっと笑って手を繋がれた。
　大きい手のひら。
「弥生くん、次したらマジで殺すから」
　笑みの消えた、鋭い目つき。

明らかにあたしより後ろのほうにかけた声。
　後ろを振り向いたら、ヤヨがいた。
「……殺せば？」
　ヤヨがしれっとそう答えるから。慶太くんの手のひらに少し力が入った。
　ヤヨのバカ。……大バカ。
　……なんでキスしたの？
　前にキスされたあとは流したよ。
　でもさすがにね、２回目は流せないからね。

　文句言おうと早起きしたんだけど、なんでだろう。
　キーンコーンカーンコーン……って聞こえるけど、まだ橋の上。
　学校の頭しか見えない。
　アウト。今日も遅刻だ。
　ちょっと急ごう。
　自転車を駐輪場に停めて玄関に入ったら、ヤヨがいる。
　珍しい、ヤヨが遅刻なんて。
　って違う。
「ヤヨ！」
　怒り声で呼んでみた。
「あー、おはよ」
　また前みたいに、なかったことにしようとしてない？
　そうはいかないからね。
　ヤヨはあたしに背を向けて、教室のほうへと歩き出した。

「待ってよ」
　追いかけて、背中を掴んだ。
「何」
　何って。この子、しらばっくれすぎなんだけど。
「なんでキスしたの」
　ヤヨはあたしから目を離さない。1ミリも。
　なのに、何にも言わない。
「「……」」
　あたしが沈黙に耐えられなくて、目をそらした時。
「……好きなヤツが目の前にいたらキスしたくなんねぇ？」
　ヤヨはけろりとそんなことを言う。
「いや、ならないし」
　理性拾ってこい、狂人。
　……え？
「今……好きなヤツって言った？」
「言った」
「ヤヨってあたしのこと好きなの？」
「好き」
「嘘つき」
「嘘じゃねえし」
　わかんない、この人。どこまで本気なんだろう。
　予鈴が鳴っちゃったよ。
　もう授業が始まるけど、こんな大事な話の途中で行けないよ。
　ヤヨは悟りでも開いたような顔しちゃってるけど。

その開き直りっぷりは、いったいなんなの。
「もーわかんない、ヤヨ。好きとか嫌いとか、はっきりしてよ」
「だから好きだって言ってんだろ」
「今まで散々好きじゃないとか言ったのに、ないでしょ」
「それはどう考えてもお前のせいだろ」
　あたしが、いったい……。
　何をしたっていうの。
　って大反論しようと思った時。
「芙祐のことは、中３の時の……高校の合格発表の時から。ずっと好きだから」
　中３……？
　あの時？　から、好きだった？
　あたしを？
「……え」
「うん」
「嘘だよね？」
「そんなに嘘にしてほしいのかよ」
　そう言われて、ごまかすのはやめた。
　前、キスされた時から思ってた。
「嘘に……してほしい」
　あたしの返事に、ヤヨは何も言わない。
　ただ無表情であたしを見つめてる。
　好きなら今すぐやめてほしい。
　そうはっきり言うには、少し度胸が足りなかった。

ちゃんと言わないと。
　だって、あたしには慶太くんがいる。
　紛れもない、大好きな彼氏だから。
「ヤヨとは友達でいたい」
「知ってるよ。『友達として好き』で『恋愛はダメ』なんだろ」
「え？」
　何、なんの話？
　首をかしげてると、ヤヨは笑った。
　まったく目が笑ってない笑顔。
「芙祐が前に泥酔してた時に言われたから」
「そんなことを……!?」
　あたしがやらかしたことって、それ？
　あのあと、ヤヨがあたしに冷たくなった原因ってそのこと？
「ごめん……」
「いいけど」
　そう言って、教室のほうに行っちゃった。
　――終わった。
　ヤヨとの関係が今、終わった。
　なんてことしてくれて、なんてことしたんだろう。
　大事な友達のヤヨちゃん。
　あたしに恋なんて、なんでするの。
　ヤヨの、バーカ。

あの日。中3の3月。
　受験番号の連なる白い紙の前で、立ち尽くしてたヤヨ。
「桜、咲いたの？」
　って声かけたっけ。
　本当は受験番号が見えてた。
　受かってるって知ってた。
　友達に、ひどいこと言われたのも見てた。
　なんかほっとけなかったから、抹茶チョコあげた。
　元気出してほしくなった。
　──合格発表よりもっと前。
　高校受験の当日。
　あたしの隣の席だった、ヤヨちゃん。
　休み時間には自分の勉強をしたいだろうに、友達に聞かれた問題を教えてた、賢い子。
　その友達に、合格発表で思いっきり嫌味を言われても。
　立ち尽くすだけでなんの反抗もしなかった、優しい子。
　友達になりたかった。仲良くなれてうれしかった。
　やっぱり賢くて優しい子だった。
　恋愛は邪魔だって、この前、気づいた。
　そしたらキズつけていた。
　好きって言われてうれしくない、わけがない。
　バカはあたし。
　ごめんね、ヤヨちゃん。
　それでも、ヤヨのことは選べないよ。

玄関前の廊下。
　あたし1人、立ち尽くしていた。
　こんなめちゃくちゃな気持ちなのに、平気で教室になんか行けないよ。
　だいたいあたしの前の席、ヤヨだし。
　スマホを取り出して、一番会いたい人の名前を探す。
　慶太くん。
【会いたい·*·:≡(　ε:)】
　授業中だけど、こんなふざけたメールに付き合ってくれるかな。
　すぐに既読がつくあたり。
　授業聞いてないね、慶太くん。
【授業中じゃないの？】
【さぼりで玄関にいるんだよ】
　あ、返事が来ない。
　無念。
　おとなしく1人で時間つぶそう。
　暇つぶしに掲示板を眺めていたら。
「なにしてんの」
　くすくす笑いながら、慶太くんが来てくれた。
「慶太くん……授業は？」
「え？　だって会いたかったんでしょ？」
　うん。うん、すごく。
　ほんとはすっごく会いたかった。
　でも、本当に授業を抜け出してきちゃう？　普通。

「何？　どうしたの？」
　心配そうに見つめる彼は、なんて優しい人なんだろう。
　ぎゅっと抱きついたら、慶太くんはあたしの頭を撫でた。
「会いたかっただけ。なんとなく」
「ふーん？　まぁ、そういうことにしとこうか」
　そう言って、あたしをぎゅっと抱きしめた。
　……あたしはやっぱり、この人が大好き。
　確認するまでもない。
　廊下にしゃがみ込んで、片手は繋ぐ。
　〝何かあったんでしょ〟って、顔で。
　たぶんだけど、あたしが喋るの待ってるよね、慶太くん。
　うん。観念したよ。
「あのね……ヤヨにね、告られたの」
　慶太くん、一瞬固まったけど「そうなんだ」って。
「うん」
　しーん、と静まり返る。
　慶太くんの反応が思ったより薄かったから。
　逆に何も言えないよね。今。
　困ってたら、繋いだ手をパッて……突然離された。
「……え？」
　慶太くんはその場に立ち上がって、あたしを見おろす。
　その視線はいつもより穏やかじゃない。いつもの、にっこり笑顔もない。
　ドキドキ、心拍数が上がった。
「……別れ話なら、俺、授業に戻るよ」

慶太くんはあたしから目を離さない。
　ちっとも笑わない。冷たい視線。
「……別れ話？　なんでそうなるの？」
「違うの？」
　慶太くんの声はいつもより全然優しくなくて、結構怒ってる。
「別れないよ。なんで別れるの。ヤヨのことはちゃんと断ったよ」
「……本当に？」
　慶太くんに疑われてる。
　そんなひどい女じゃないつもりなんだけどな。
「あたしは慶太くんが大好きだもん。別れないよ」
　そう言いきった時、慶太くんの表情は徐々に緊張が解けていって。
「……なんだ、よかった」
　にっこり安心したように笑った。
「びっくりした。突然あたしの手、ポイッて捨てて離れるから」
「別に捨ててないって」
　ニコニコ、慶太くん。
　あたし、この笑顔が大好きなんだ。
　大好きだもん。
　ちっとも離れたくなんかない。
　慶太くんはあたしの隣に腰をおろした。
　もう１回、手を繋ごうとしたから。

「やだ」
　って、意地悪してみたりして。
　ポイッてされた、お返しだよ。
　手なんか繋がない。
「え？」
　って慶太くんが戸惑った少しあと、立て膝になって、慶太くんのほうを向く。
　慶太くんの肩に、さっきポイッてされた片手を置いて。
「……大好き」
　慶太くんの唇にキスをした。
「はは……っ」
　慶太くん、笑ってごまかしてるけど顔が赤いよ。
　ん？　違う。呆れ笑い？
　そしたら、あたしの耳元に口を近づけた。
「家だったら押し倒してる」
　……響いた、低い声。
「……色気大魔神」
　まんまと赤面して俯いたのはあたし。
　こうやって心も体も全部。慶太くんだけになればいい。
　玄関前の廊下だってことも、すっかり忘れてた。
　ついうっかり、慶太くんのキスに夢中になってたら。
「お……お前ら……。授業中に何してるんだ！」
　先生にバレちゃった。
　しかも頭髪検査の先生。体育の一番怖い先生。
　ガミガミ、お説教。

すみません、そのとおりです。
　　ふしだらでした。
　　すみません。
　　キーンコーンカーンコーン……。
　　救いの鐘が、あたしたちを助けてくれた。
　　教室、行かなきゃ。
　　慶太くんと廊下を歩き始めた。
「キスくらいであんなに言う？」
「まぁサボってたのがまずかったんでしょ。芙祐ちゃん大丈夫？」
「怒られ慣れてるもん、大丈夫だよ」
「だと思うけど」
　　あたしを見つめる優しい目。
　　一目で好きでいてくれてるのが伝わるその表情。
　　あたしは慶太くんを幸せにするんだもん。

4章

言い訳

【弥生side】
「起立、礼」
　誰かさんが教室に来ないから、また俺が号令係。
　今ラッキーなことに、いつもより少し早く１限の授業が終わった。
　芙祐はまだ教室に来ねえし。
　気まずいからサボったんだろうけど。
　サボったあと、どうする気だよ。
　教室に来るタイミング見失ってないか、あいつ。
　大丈夫かな、とか心配になってきた。
　俺のせいだけど。
　……でも今さら、なかったことにはしないから。
　２回目のキスをした瞬間。
　人の彼女だろうが、なんだろうが、悪いけどどうでもよくなった。
　今まで真面目に生きてきたはずなんだけど。
　全部あいつのせい。
「弥生どこ行くの？」
「芙祐のこと迎えに行ってくる」
　藍にそう言ってから階段を下りて、とりあえず玄関のほうに向かった。

「お……お前ら……。授業中に何してるんだ！」
　突然、廊下中に響いた先生の怒鳴り声。
　……芙祐だ。あいつすげー怒られてね？
　って、よく見たら桜木慶太も一緒に怒られてる。
　……なんだ。2人でいたのかよ。
　終鈴が鳴って、2人が先生から解放されたから、芙祐にバレないように教室に戻ろうと踵を返した時。
「キスくらいであんなに言う？」
「まぁサボってたのがまずかったんでしょ。芙祐ちゃん大丈夫？」
「怒られ慣れてるもん、大丈夫だよ」
「だと思うけど」
　サボってキス？
　真剣にあいつ、悪魔だと思う。
　俺が後ろの席ばっかり気にして、若干反省してた時間を返せ。
　2限からは、芙祐も授業に戻った。
　今のところ会話なし。
「残り時間は自習で」
　自習大好きだよな。数学の先生。
　いつもなら後ろの席から、ペンで突かれるころ。
　「ねぇねぇ」って。芙祐が天真爛漫(てんしんらんまん)に話しかけてくるんだけど、その気配がまったくない。
「……そんな気まずい？」
　もう、俺から話しかけたわ。

「気まずく……ないことはないよね」

　そーっと俺から視線を外す。

「露骨に態度変えんな」

「誰のせいだと思ってるの」

「お前のせいだろ」

「……」

　あ。黙った。

　誰が好きなヤツと気まずくなりたくて告るんだよ、バカ。

　２回もわざわざ振られてまで、芙祐に好きって言いたくなったのは……。

　俺がそこまで冷静さを失ったのは、お前のせいだから。

「でも今までどおりってわけにはいかないよ、やっぱ」

「慶太くんイヤだと思うし」って、言葉を続けた。

　今までの芙祐はこんなふうに付き合ってなかった。

　テキトーに、付き合って別れてを繰り返してた。

　認めたくないけど。

　あいつと付き合ってる芙祐が、本気だっていうのが見てわかる。

　桜木慶太だけがなんで特別なのか全然わかんないけど、

「あたし、慶太くんのこと幸せにしたいもん」

　はっきり俺の目を見て言い放った。この悪魔が。

「……なら、わかった。もう話しかけないから」

「え？　そこまで極端なことじゃ……だってヤヨとは委員があるし」

「ヤヨって言うのもうやめたら？　彼氏が怒るだろ」

「え……」
「悪かったな。いろいろ」

　机に向かって1問、問題を解いたころ。
　2限終わりのチャイムが鳴った。
「……」
　なぜか嫌な予感がして振り返った。
「なんで泣くんだよ」
「……っひ。く。うー……」
　嗚咽しながら、ボロボロ涙流してる。
　めっちゃ泣かせた。なにこれ。
「マジでごめん。本当に悪かった。話しかけるしヤヨでいいし、もうキスもしないから」
　……完全に負けた。

　芙祐とは結局、告る前後とで、関係はそんなに変わらなかった。しいて言えば、芙祐の悪ふざけがほぼゼロに近くなったけど。
「告った意味あったんかな」
「見返り求めてたんだ？　相手、彼氏いるのに」
　無謀な賭けだったね、と麻里奈が笑った。

　1月も終わるころ。
　久しぶりに麻里奈が学校帰りにうちに来た。
　いつものように、うちの愛犬モグに会うために。

「麻里奈こそ彼氏とのケンカどうなったんだよ」
「もう別れる」
　麻里奈は目を伏して、モグを抱きしめた。
「なんで？」
「なんか、ちょっと……好きじゃなくなったのかも……」
　抱きしめたモグの頭を撫でながら、麻里奈はため息をついた。
　いや、そんなにしおらしく言う言葉じゃないから。
　芙祐が悪魔なら、麻里奈は鬼。
「こわ。相変わらずの気分屋」
「そんなことないよ。ねぇモグ？」
　中学３年間、いじらしく健気に見える、このとんでもない気分屋にどれだけ振りまわされたか。
　中学の時サッカー部で揉め出した一因は紛れもなくこいつだけど。
　憎めないというか。憎んでも無駄というか。
　そのおかげで、今や見事に恋愛感情が、お互いにすっぽ抜けた。
「また会いに来てもいい？　モグ」
　麻里奈の寂しげな表情に嘘はない。
　俺たちが頻繁に会うようになったのは、麻里奈の飼い犬が事故で亡くなってから。
「パクんとこ、またお参りに行くわ」
「ありがと」
　中学の時、近所のおばさんの家から、俺たちは１匹ずつ

子犬をもらった。
　パクパク食べるからパクと、モグモグ食べるからモグ。
　子犬の兄弟に麻里奈が名前をつけた。
　その兄、パクが……ペットロス、考えただけで無理。
「やっちゃんありがと。また寄せてね」
　外はもう暗い。
「危ないから送ってく」
　モグを連れて、玄関を出た。
「やっちゃんならきっと……その子、奪えるよ」
　にこっと笑う。戦慄。
「麻里奈が言うと怖いわ」
「ええ、そうかな……？」
　中学の時のような感情はお互いまったくないけど。
　芙祐みたいに、あっさり簡単に縁を切れるって、俺には理解不能。
「そうだやっちゃん、2年生の時のクラスでクラス会あるって聞いた？」
「あぁ、聞いた」
「行くでしょ？」
「行こうかな」
　2年のクラスならイヤなヤツいなかったし。
「楽しみだね」

彼女の計算

　あの告白から数週間がたって、もう１月も終わる。
　ヤヨとは結局、ほとんど元どおり。
　好きとか言われた手前、変なノリはもうやめたし、むやみに絡まないけど。
　泣いちゃったからなぁ。
　ちょっと恥ずかしいよね。
　でもそのおかげかな、ヤヨはあたしのことを避けないみたい。
「芙祐と藍〜、今日の放課後って暇だよねぇ」
　隣のクラスからはるばるいらっしゃい、リコちゃん。
　当たり前みたいに暇認定するのやめてね。
「暇。遊ぼ」
　でも、あたし即答。
　だって、今日は委員の仕事もないし、慶太くんも用事らしいから。
「よかったぁ〜。カラオケ行きたい」
　カラオケって、ちょうど今行きたかったところだよね。
　頭の中一掃したいの。爆音で。

　放課後、藍とリコとカラオケに向かった。
　学校からわりと近い。ヤヨの家を通りすぎたところ。
　ドリンクバーでオレンジジュースをたぷたぷに入れて、

カラオケルームで絶妙な音量調節をすませる。あたしの係。
　4曲ずつ回ってきたころ。
　飲み物を取りに行った藍ちゃんがドリンクバーから帰ってきた。
「向こうの大部屋クラス会か何かかなー？　弥生がいたよ。大勢で」
　……ドキッとした、そのワード。
　リコの歌声にもかき消されず、聞こえちゃったよ。
「藍ちゃんその名前は今、禁句なんだよ」
「そうだったの？」
　……ヤヨいるんだ。
　……。
　って。爆音さん、頭の中からヤヨを追い出してね。
　リコの歌声、エコー足してやれ。
　そしたら怒られた。
　大好きなアイドルの歌が演歌みたいになったって。
　それはごめん。
　設定直すから許してね。
　それと。ちょっと待っててね。
　お詫びに、ずうっと前においしいって言ってくれたスペシャルドリンクを作ってくるからね。
　リコのコップを持って、ドリンクバーに向かった。
　この角を曲がったら、ドリンクバー。
　ヤヨが大部屋にいるって言ってたけど。
　……大部屋ってどこだっけ。

なんとなく迂回した。
　……って、何してるんだろ。
　引き返して、角を曲がる。
　そしたら、ドリンクバーに行く手前で、
「わっ」
　突然開いた扉にぶつかりそうになって、人影を見上げれば、ヤヨがいた。
　ヤヨ、お目目まんまる。
　びっくりしてるね。あたしもびっくりしたけどね。
「わり。……てか芙祐も来てたんだ」
「うん」
「ドリンクバー？」
　頷くと「俺も」って。
　だから一緒にドリンクバーに向かう。
　やっぱりヤヨは中学のクラス会の最中なんだって。
　世間話しながら、スペシャルドリンクを調合してたら。
「なんだよ、その気持ち悪い組み合わせは……」
　ヤヨの顔が引きつってるね。失礼な。
　ほんとにおいしいのに。
「真似してもいいよ」
「しねぇよ」
「えー？　試しにひとくち飲……」
　危ない危ない。このコップ、リコちゃんのだった。
　出しかけたコップをさっと引き寄せた。
「……戻るわ」

「うん。ばいびー」
　ぐるぐる。ストローでコップの中身を混ぜる。
　ぐるぐるぐるぐる……。頭の中から、出てけ、ヤヨ。
「本当これおいしいよね〜。芙祐天才だと思うよ」
　スペシャルドリンクは無事リコちゃんに褒められた。
「藍ちゃんのも作るのに」
「組み合わせを知ってるからかな、遠慮しとく」
　藍ちゃんには振られた。

　カラオケを始めてから２時間たった。ノッてきたとこだから延長。
　……ヤヨたちはもう帰ったのかな。
「ちょっとトイレ行ってくるね」
　部屋を出て、ちょっと迂回。
　大部屋の前。騒がしい。
　まだ帰ってないんだ。
　……って、なに確認してるんだろ。
　お手洗い、どこだっけ。
　ドリンクバーのところを通ろうと、角を曲がった時。
「……え」
　思わず隠れた。
　……どっくん、どっくん。
　速まる心拍。
　息が乱れた。
　ドリンクバーの前にあった２つの影。

目に入ったのは……ヤヨに近づく麻里奈ちゃん。
　廊下を巡る音楽は雑音。
　２人の声に耳をすませた。
「やっちゃんのこと、やっぱり好き」
　麻里奈ちゃんの小さな唇は、はっきりとそう言った。
　ぽかんとするヤヨを、麻里奈ちゃんのうるうるした瞳が見上げる。
　さらりと揺れた黒髪。
　背伸びをした小柄な麻里奈ちゃん。
　次に起こることが想像つくのに、目が離せない。
「……」
　数秒の間があった。
　そのあとすぐに、麻里奈ちゃんの赤い唇はヤヨの唇と、あっけないほど簡単に重なった。
　……何それ。
　絶対に避けれたじゃん、今の。
　そんな簡単に麻里奈ちゃんのキス、受け入れちゃうんだ。
　じゃあ、なんであたしにキスしたの？
　なんであたしに好きって言ったの。
「……何、麻里奈……」
　ヤヨはそれだけ呟いて、呆然と立ち尽くしてた。
「好きな子なんか忘れて、私の彼氏になって？」
　麻里奈ちゃんのかわいらしい声が、あたしのところまで届いた。
　ヤヨ……何も言わない。

「……」
　ヤヨが口を開くまで待てなかった。
　ドリンクバーに背を向けて、カラオケルームまで急いで戻った。
　キスも拒まない、告白もすぐに断わらない。
　３年間も付き合った相手だもんね。
　……まんざらでもないんでしょ。
　カラオケルームで、藍の歌に入り込むの。
　関係ない。あたしには、なんにも関係ないのに。
　……ムカつく。もう、やだ。ヤヨのバカ。

　翌日の学校。
　今日は遅刻しなかった。
　教室に向かう途中、前のほうにヤヨが見えた。
　ヤヨに話すことなんか、とくにない。
　小走りでヤヨを追い越して、もっと前。
「慶太くん、おはよ」
「おはよう。今日は早いじゃん」
　えらいねって、朝から爽やかスマイル。
「今日、慶太くんの家、遊びに行ってもいい？」
「いいよ。部屋汚いけど」
「とか言っていつもキレイじゃん」
　後ろのほうを歩くヤヨが、こっちを見てるかなんて、わかんないけど。
　見せつけるみたいに、腕組んだりして。

あたし、今本当に性格悪いことしてる自覚あるよ。
でも、ヤヨなんか。勝手にすればいいもん。
頭の中を巡る、ヤヨと麻里奈ちゃんのキスシーン。見なきゃよかった。
「……」
後ろを振り向いたら、もうヤヨはいなかった。

「きりーつ、礼」
3限が終わった。
やっと昼休み。
「芙祐、これ写すだろ？」
前の席に座るヤヨは、あたしのほうを向いて、ポンッと机に数学のノートを置いた。
ヤヨはいつもどおり、あたしに数学のノートを見せてくれる。
「……いい。あたし、自分でやるから」
パタン。
教科書ノート、全部閉じて、席を立つ。
「藍ちゃん、英文科行こ」
お弁当を持って、まっすぐ藍のもとへ行くよ。
一部始終を見ていたのかな？　藍ちゃんがヤヨを心配気に見てた。
「芙祐感じ悪いよ……弥生と何かあったの？」
「何もないよ」
藍ちゃんはそれ以上、追及しなかった。

英文科について、慶太くんと匠くんと４人でごはん。
　さっき、ヤヨにしたことを思い出してたら。罪悪感がどんどん増してきたよね。
　うん……感じが悪かった。
「どうしたの芙祐ちゃん」
　あたしの眉間を指さす慶太くん。
「えっと……数学の宿題多いなぁって」
「宿題か。放課後うちでやる？　手伝うよ」
「ありがとう」
　にっこり優しい笑み。
　癒される……。
　忘れよう。キスなんか。
　だいたいあたしに怒る権利なんかないじゃん。
　あたしには彼氏がいて。ちゃんと振って。もう終わったから、ヤヨは麻里奈ちゃんと付き合う。
　ヤヨ、何にも悪くない。
　……なんであたし怒ってたんだろ。
　あたしにしてきたキスなんか、忘れればいいだけ。
　あんなのは、ただの接触事故。
　教室について、すぐにヤヨに謝った。
「さっきはごめん。今度から自分で勉強しようと思ったの」
「……ふーん」
　何その疑いの目は。
「芙祐さ、どう考えても朝から態度おかしいから。何かあるなら言えばいいだろ」

「……せっかく慶太くんで充電してきたのに」
　なんでそんな目つきで、あたしを睨むの。
「俺がなんかした？」
　……何もしてないよ。
　別の子と……元カノとキスしてるのを勝手に見ちゃっただけ。
　それを思い出すと、お腹の奥から……。
　ほら。また。頭でどんなにかき消しても。
「……もやもやするんだもん」
　助けて。
「何が、もやもやすんの？」
「……それは言えないけど」
　少しの沈黙。そのあとヤヨがかすかに笑った。
「何？」
　なんで笑うの？
「キスならしてないから」
「……え？」
「そのことじゃねえの？」
　ヤヨ、何その……勝ち誇ったような顔？
「その……こと、です」
　って、認めちゃったよ。
　根が正直なんだよね。あたし。
「あれ、全部麻里奈の思いつき。キスしたふりと告白したふり」
　……キスと、告白の、ふり？　嘘ってこと？

「なんでそんなこと？」
「わかんないけど。そうやってもやもやさせるためじゃねえの」

　聞くところによると、あの日ドリンクバーの前で……。
「へぇ、あの子、来てるんだね」
「だからといって何もないけどな」
　ヤヨと麻里奈ちゃんがドリンクバーで、あたしの話をしてたみたい。
　そしたらあたしがドリンクバーに来て、すぐに隠れたのを、麻里奈ちゃんは見てたらしい。
「……やっちゃん。協力してあげる」
「何を？」
　あたしが近くにいることに気づいていないヤヨまで騙しながら。
「やっちゃんのこと、やっぱり好き」
　あたしに聞こえるギリギリの声で。
　麻里奈ちゃんはそう言うと、ヤヨに顔を近づけた。
「動かなかったら寸止めするから……動かないでね」
　キスしたように、見えた。
「……何、麻里奈……」
　また、新手の技の練習か？
　ヤヨはそう思ったらしい……って、麻里奈ちゃんてそんな子なの？
「好きな子なんか忘れて、私の彼氏になって？」

ヤヨが恐れおののく間に、あたしが逃げたらしい。
　麻里奈ちゃんはヤヨの恋が叶うように……あたしがヤキモチやいて、ヤヨにいけばいいって。
　そういう計らいをしたらしい。

「何それ……嘘でしょ」
　まんまとはまりかけ……て、ないから。
「っていうか、なんで元カノが元彼の恋を応援するの？」
「麻里奈なりの……俺に対するお詫びじゃねえの」
「お詫びって、なんの」
　よくわかんないけど、何かあったのかな、麻里奈ちゃんとヤヨ。
　ていうか、今あたしの中で麻里奈ちゃんのイメージがとんでもなく変わったんだけど。
「でもヤヨ、麻里奈ちゃんと仲いいじゃん」
「普通だけど」
「どこが。なんかすごく……」
　親密そうだし。よく一緒に帰ってるし。特別って感じするし。
　文化祭の時だって、あんなに仲良く……。
　もや、もやもや。またお腹の中に雲が出てきたかも。
「眉間にシワ。またもやもやしてんの？」
　ヤヨに、心を見抜かれた。
「違うよ！」
「焦りすぎ」

ニヤッと笑う、ヤヨ。
「違うから、全然！」
　もっと慌てて全否定。
　そしたらヤヨは頬杖をついて、ふっと笑った。
「なんか、芙祐って……かわいいのな」
　……ば、か……じゃないの。
「マジで妬いてくれんの？」
　それ以上、喋んないで。
「はぁ……。違うから」
「ため息つくと幸せ逃げるって、誰かさんが言ってたけど」
　うるさい。
「とにかく。あたしは慶太くんしか見てないから」
「ふーん」
「ヤヨも麻里奈ちゃんと仲良くしてるんだから。もうそれでいいじゃん」
「それでいいって顔に見えないんだけど」
　ヤヨはあたしをじぃっと見つめて、
「……芙祐が会うなって言うなら、麻里奈とはもう会わねえよ」
　そんなこと言わないで。
　あたしの気持ち、これ以上めちゃくちゃにしないでよ。
「会ってよ。麻里奈ちゃんと」
　お願いだから。ただの友達でいようよ、ずっと。
「ヤヨとのキスなんか、全部忘れるから」
　あたしは、慶太くんだけ。

放課後は英文科へ。今、授業が終わったみたい。
「慶太くーん、帰ろ」
「早いね。ちょっと待ってて」
　慶太くんは隣の席の女子にノートを見せてる。
　子猫ちゃん、あたしのほうばっかり気にしてないで手を動かしてね。
　ドジっ子なのかな。
　書き間違えては消して、を繰り返してる。
　……あ、もしかして。緊張してるんだ。
　慶太くんが見てるもんね。
　ついでにあたしも見てるもんね。
　いったん教室から出ておこう。
　そう思った時。
「……ミサキちゃん、それ貸しておくから。俺、帰るね」
「え？」
　戸惑う女の子を置いて、慶太くん、あたしのところに来ちゃった。
「いいの？　あたし待ってるから大丈夫だよ」
「行こ？」
　あたしの手を引いて歩き出す、彼を見上げた。
　ちょっと強引。ちょっとドキドキ。

　学校を出たら、ほんとにすぐ慶太くんの家についた。
　今日も片づいてる、慶太くんのお部屋。
　いつもみたいにぐるりと１周見ていたら。

「あ」
　って声がした。
　今、何か隠したね慶太くん。
　じぃーっと見つめると、慶太くんは困り顔で笑う。
「やましいものじゃないから」
　慶太くんの目に嘘はなさそうだけど。
「あやしい」
「あやしくない。けど見せれないから」
　慶太くんは苦笑いしてる。
　そっか、男子だもんね。
　アンナモノやコンナモノの1つや2つ、あってもおかしくないのかも。
　うん、きっとそう。
　話変えよ。
「この前のDVDの続き観たいな」
「じゃあそれ持ってくるわ」
　部屋を出た慶太くん。
　さっき隠した何か、覗こうと思えば覗けるけどね。
　もしも巨乳ものだったら辛いからやめとくね。
　慶太くんが戻ってきて、DVD鑑賞開始。
　この前、途中まで見たDVDの続きだからね。
　30分くらいで終わっちゃった。
　いいお話だったから、エンドロールも最後まで見るよ。
　エンドロールの文字を追いかけながら、ソファの上で、隣に座る慶太くんの肩に寄りかかった。

そしたらチラッとこっちを見て、優しい目で笑う。
「さっき言ってた数学の宿題する？」
「もうちょっとこうしてたい」
　あたしが慶太くんの腕をぎゅっと抱きしめたら、あたしの髪を撫でてくれた。
　……好きだなぁ。
　あたし、すっごく慶太くんのこと好きだなぁ。
　同じように想ってくれてるでしょ？　今。
　目と目が合ったから、にこっと笑った。
「芙祐ちゃん、かわい」
　あたしのことじっと見つめてる、慶太くん。
　ヤヨみたいに赤くはならない……って……。
　ヤヨとか、今ほんと関係ないし。
「どうした？　芙祐ちゃん」
「んーん、なんでも」
　慶太くんは何も言わずにあたしを見つめる。
　少しの沈黙のあと、
「芙祐ちゃん」
　あたしの名前を優しく呼んだ。
　見つめ合うこと２〜３秒。
　どちらともなくキスをした。

隠せなかった想い

【慶太side】
　放課後、芙祐ちゃんが俺の家に来た。
　ＤＶＤを見終わったあと、エンドロールまで見入る芙祐ちゃん。
　あんまり見つめすぎたかな。
　芙祐ちゃんもこっちを向いて、ほほ笑んだ。
　今……誰のこと考えてる？
　芙祐ちゃんと付き合ってから、勘が鋭くなった気がするんだよね。
　芙祐ちゃんの心が揺れてることは、たぶん間違いない。
「慶太くん」
　芙祐ちゃんは俺を見上げて、いたずらっぽく笑う。
　俺の片手に指先を絡め、反対の手のひらで包んだ。
「好きだよ」だって。
　芙祐ちゃんは真心を込めるように呟いた。
　もうさ……心読んだでしょ。
　愛らしい横顔。長いまつ毛は下を向く。
　両手で包んだ俺の手を大切そうに抱きしめて。
　思わず笑みがこぼれた。
　……弱気になる必要なんてないか。
　俺のこと好きじゃん。芙祐ちゃんは。
　芙祐ちゃんの握る手とは逆の腕で、彼女を抱き寄せた。

「もう1回聞くけど、数学やんなくていいの？」
「あとまわし」
　上目づかい。芙祐ちゃんは甘ったるい目で俺を見つめる。
　……わかってやってる？
　芙祐ちゃん。
　心拍数、どんどん上がっていってるんだけど。
「それよりもう1回、キスしたい」
　ピンク色の唇は、追い打ちをかけるように、つやめかしく動いた。
　俺は数学やろうって言ったから。
　誘ったの、芙祐ちゃんのほうだよね？
　ニヤリ、口角を上げた俺に、芙祐ちゃんは疑問符を浮かべた。
　……夢中になってよ。
「……っ」
　芙祐ちゃんの息が乱れる。
　……かわいすぎ。あ、抵抗し始めた。
　彼女は思いっきり俺を引きはがして、頬を紅潮させて俯いた。
　言われたとおり、キスしただけだよ。
　……何か言いたいみたいだね。
　俺がくすりと笑うと、芙祐ちゃんは唇をきゅっと閉じた。
「顔赤いよ」
「だって、ディープ……」
「何？」

「──色気大魔神」
　くすくす肩を震わす俺に、「右ストレート」だって。
　にわか仕立てのボクシング？
「してって言ったの芙祐ちゃんでしょ」
　頭の中、俺だけにしてよ。
　息つく暇もないくらい。
　芙祐ちゃんの手を取ってベッドに連れていく。
　ふわりと花の匂いがする、柔らかくて長い髪をすくって。
「……いい？」
　芙祐ちゃんの揺れる瞳。火照る頬。
　こくり、恥ずかしげに頷く芙祐ちゃんを押し倒した。

　白い肌が赤く火照る。俺の名前を呼ぶ甘い声。
　……俺以外、見ないで。
　余計なこと考えなくていいから。
「慶太く……」
　桜色に塗られた爪が、俺の腕を強く掴んだ。
「……好きだよ、芙祐ちゃん」
　そう言うと、潤んだ瞳で「大好き」って、声にならない声で言う。
　心も体も、何もかも。
　芙祐ちゃんの全部、俺にちょうだい。

「寝ちゃった？」
　返事がない。

……ほんと、無防備な寝顔。
　長いまつ毛、かすかに涙が絡んでる。
　頬を赤らめて、最後まで「好き」って、何度も何度も。
かわいすぎるから。
　誰にも見せたくない。
　すぅっと息を吸うその唇に、キスをした。
「……どこにも行くなよ」
　ぽつり、そう呟いた時。
「ん……。慶太くん」
　芙祐ちゃんがうっすら目を開けた。
　……聞かれた？
「ごめん、寝ちゃった」
　よかった。聞かれてない。
「寝てていいよ」
「あ。腕枕だ」
　はにかむ横顔。腕に柔らかい頬が当たった。

　まどろむ芙祐ちゃんの髪を撫でた時。
「ただいまー」
　突如聞こえたその声に、俺たちは大慌てで散らばる服を集めた。
「ヤバ」
　芙祐ちゃん、たぶん間に合わない。
　芙祐ちゃんの体に布団を被せて、急いで服を着ながら部屋の入り口を塞ぎ……制服のズボンをはいた。

カッターシャツは羽織っただけの状態。
「慶太ー、ちょっと頼みがあるんだけどー」
「今、無理！　開けんな！」
「はぁ？　何様？」
　──間に合わない。
　がちゃり、開いたドアに固まった。
「やっだー。また女連れ込んで」
　ケバい20歳、女子大生の姉貴。次女。
　一番、人づかいと気性の荒い女。
「は……はじめまして」
　ベッドに座り、体を覆う布団から恥ずかしそうに顔を出して覗く芙祐ちゃん。
　布団の端をぎゅっと握る両手が震えてる。
「何この子かわいいじゃん。本命？」
「マジで頭おかしいだろお前。頼むから出てって」
「慶太うるさい。かわい子ちゃん、あとで下おいでよー」
　ってわざとらしい投げキッス。キモすぎ。
　うるさい姉貴をやっとのことで追いやって、
「マジでごめん……芙祐ちゃん」
「ううん、大丈夫……」
　大丈夫じゃないよね。まだ固まってる。
　あ、動き出した。
「お姉さん美人だね」
　そう言って、ブラウスの袖に手を通す。
「どこが。ほんとごめん。あいつ一番頭おかしいから」

「あはは」
　芙祐ちゃん……愛想笑いやめて。
　あーマジで、久々に帰ってくれば、あいつは余計なことばっかりしやがって。
　制服を着終えた芙祐ちゃんはお茶をひとくち飲んで、ため息を１つついた。
　そりゃ、ため息も出るよな。
　本当に……土下座もんだろ、これ。
　沈黙の中、テレビの音だけが流れる。
「なんかやだ……」
　芙祐ちゃんが突如呟いたその言葉に、時が止まった。
「うん……ごめん」
　弁解の余地もない。
　最悪、あいつ。他人になりたい。
「違うよ？　さっきのじゃなくて……いや、恥ずかしかったけど……そうじゃなくて」
　芙祐ちゃんの顔が曇る。
「何？」
　俺が隣に座ると、斜め上を見上げるように、むっとした顔で俺を見た。
　……うん、ごめん。その顔かわいい。
「お姉さん、『また女連れ込んで』って言ってた」
　……やっぱり聞こえてたよね。
　なんであいつ、今このタイミングであいうこと言うんだろう。

「本命って、義理もいるの?」
「いないから。断じて」
「ふぅん……」
　疑ってるね。そりゃ、そうだよね。
　近親者にそういうこと言われれば。
「たしかに俺、来る者拒まずな時期があって」
　芙祐ちゃんと知り合いに昇格する前の話だけど。
　いつも言われるがまま彼女作って、彼女がいなくても毎日毎日遊んでた。
　自分から声をかけたわけじゃないけど、女をとっかえひっかえって噂も、あながち嘘とは言えなかった。
　そんなことをすべて自供。
　……だけど、芙祐ちゃんのこと知ってから。
　遊びの女とか、興味が本当に吹っ飛んで。
「本当はね。俺、合コンより前から芙祐ちゃんのこと気になってたよ」
　「嘘ばっかり」って言うんでしょ？　どうせ。
　大きな目、パチパチさせて。
　って……なんか言ってよ。
「芙祐ちゃん？」
「あ……びっくりして。いつから？」
「1年の秋ごろかな。何回か頭髪検査で一緒だったんだよ」
　覚えてないみたいだけどね。
「芙祐ちゃんが来るって知らなきゃ、あの合コンも行ってなかった」

「……本当？　それって、なんかすごく　うれしい」
　そう言ってはにかむ芙祐ちゃんが、あまりにかわいかったから。
「俺、こんなに人を好きになったのは芙祐ちゃんが初めてっていうか」
　あ、ヤバい。顔熱くなってきた。
「ほんと、離したくないから」
　って、そっぽ向いて赤面を隠しながら伝えたら。
　芙祐ちゃんはくすくすと笑って、「ありがとう」だって。
　……すっげぇ恥ずかしいんだけど。
　なに本気出して告ってるんだろ、俺。
　……。
　でも、いっか。うれしそうだし。
「慶太くんと付き合って本当によかった」
　芙祐ちゃんはそう言って、俺を抱きしめた。
　……コアラ？
　ぎゅっと俺にしがみつく芙祐ちゃん。
　見てるだけで、自然と笑みがこぼれるよ。
「あー、慶太くんのその目。大好き」
　……どの目？
　芙祐ちゃんは俺を見上げて笑った。

断固たる決意

　今までの彼氏って、なんか強引だった。
　こんなにお前のこと大好きなのにって。
　押しつけがましくて、束縛されて、散々だった。
　北風と太陽ってあるじゃん。
　まさに北風。
　だけど。慶太くんはね。太陽。
　あんなに心の底から愛されて、あたし、応えないわけにはいかない。
　帰りのホームルーム。
　先生はいつものようにあたしたちに仕事を押しつける。
「ヤヨ、これあたし1人でやっとくよ。試験近いし、勉強したいでしょ？」
「印刷だけだろ。行くから」
「……そ？」
　……失敗。
　ヤヨとなるべく2人きりにならないようにしようって思ったのに。
　だって、この前。
『……どこにも行くなよ』
　慶太くんが寝たふりしているあたしに、この前そう言ったの。
　かすれそうな小さい声で。

印刷室。結局2人きり。
　ヤヨと隣り合って、単調に紙を吐き出すコピー機を見つめる。
　……。
　無言。
　この心地悪さに慣れたい。
　慶太くんはあたしを100％で愛してくれてるんだから。
　あたしの中を100％、全部慶太くんで満たしたい。
　だからヤヨのこと、頭から放り出したいの。
「なぁ」
「ていうかさ。席替えしたくない？」
　ヤヨの話、遮って。とっさに提案。
　ヤヨと一番離れた席にでもなればいい。
「席替え？　クジとか座席表とか……俺らがやるんだろ？」
　イヤそうな顔。そう言うと思ったよ。
「あたしがやる」
「……。なら、すれば？」
「明日みんなに聞いてみるね」
　コピー機、急げ。早く終わらせろ。
　ピーー。
　印刷完了。
「じゃあ、これあたしが持っていくから。ばいびー」
　印刷物を抱えて、教室に運んで。
　すぐにUターン。慶太くんのところまで、急ぐ。
「慶太くん！」

英文科の教室に入ったらすぐ目に入る。
　にこって優しく笑いかける慶太くん。
「帰ろっか」
「うん」
　差し出された手のひらを掴んだ。
「さむっ」
　玄関の扉を出た途端、２月の冷たい風にブルッとした。
「おいで」
　慶太くんの腕にすっぽり。背中に手を回されて密着。
「あは……」
「ほっぺ赤いよ？」
　いたずらっぽく笑う、慶太くん。
　赤くなるのはきっと。条件反射のようなものだよね。
「あんま見ないでよ」
　なんでそんなにじーって見るの？
　だんだん恥ずかしくなってきたよ。
　そーっと目をそらして、さりげなくマフラーに顔をうずめるね。
　そしたら慶太くん。
　白い息、吐きながら、あたしの耳元に口を近づけて、「逃げんな」って、低い声を落とすでしょ？
「──っ。色気大魔神……」
「ははっ」
　胸、ドキドキ。
　あたしは一瞬でとろけたのに、慶太くんはそんなあたし

を見て楽しそうに笑う。
　心臓のド真ん中。射抜かれるのは慶太くんだけでいい。

　翌日。ホームルームには余裕で間に合ったよ。
　チョークを握り、黒板に書いた座席表に番号を振っていく。
　そのたびに、教室のあちこちで一喜一憂(いっきいちゆう)する声が聞こえる。
「じゃあ席は今日からこれでお願いしまーす」
　今、席替え完了したところ。
　あたし、無念。
　教卓の目の前。悪運にびっくり。
　ヤヨは……。大当たりだね。
　一番廊下側の後ろから２番目。
　席も離れたし、少なくとも前より〝距離〟ができるはず。
　それもより自然に。あたし天才？
　完璧。
「放課後クラス委員は職員室に来てくれるかー？」
　……これさえなければ。

　放課後になって、結局はヤヨと２人。
　職員室に行って、返却のノートと新品のチョークもらって、今日のお仕事はおしまい。
「芙祐はそっち持っていって」
　ってチョークの箱だけ。

ヤヨの優しさ。いらないのに、そんなの。
「……ありがと」
　少し距離とって歩こうとしてもね。
　ヤヨはジェントルマンだからね。
　あたしに歩幅合わせてくれるの。いつものこと。
「席替え、満足したのかよ」
「え？……も、もちろんだよ」
　一番前の席とか。成績、すごく上がりそうじゃん。
「何やってんだか」
　ヤヨが呆れた目で見てるよね。
「ヤヨのせいじゃん」
「なんでだよ」
「だってヤヨちゃ……」
　っと。危ない、いつもの癖が。
　ゴホン。
　距離をとろう。
　物理的な距離だけじゃなくて。心の距離。
　教室について、未開封のチョークの箱を教卓の上にポンと置いて、目の前にいるヤヨを見上げる。
「正直あたし……ヤヨの一挙一動に、いちいちドキドキしてる」
「へぇ」
　なんなの、ヤヨ。知ってますよ、みたいな顔しちゃって。
「困るの。あたしは慶太くんだけ好きでいたいし、他の人なんかいらないの。……だから」

ヤヨから目、そらしちゃダメ。
「好きになるの……やめてよ」
　緊張、罪悪感。両方。声が震えた。
　ヤヨはあたしから視線をそらすこともなく、表情も変えない。
「無理だな。それは」
　って、さらりと言い返してきたけど。
　ぴくり、眉を動かしちゃった。あたし。
「好きって言うなら、前にヤヨが言ったとおりもう話さない。この前は泣いてごめん。もう覚悟できたから」
　ヤヨはため息を1つだけついて。
「委員は？」
　って問う。
「最低限は仕方ないと思うけど……」
「……避けんの？」
　そんな、……切ない顔で見ないでよ。
　麻里奈ちゃんでも、そこらじゅうのヤヨファンでも。
　ヤヨにはいっぱい相手がいるじゃん。
「うん」
　頷くあたしに、ヤヨは言う。
「わかったけど、たぶん無理。俺、お前のこと好きだし。話しかけたくなると思う」
　まっすぐな目線も、まっすぐな言葉も。あたしから聞こえる、ドキドキ鳴る胸の音も。全部いらないの。
　気持ち、めちゃくちゃにしないでよ。

どうしてわかってくれないの？
「ヤヨと付き合うことは一生ないから！」
　しんとする廊下に、思ったより大きく声が響いた。
　ヤヨは動かない。
　とっさに目をそらした。
　無表情のヤヨ。キズつけた。絶対。
　……こんなこと言いたかったんだっけ。
　もう見れない。ヤヨの顔。
「……わかった。悪かったな」
　ヤヨはようやく、小さな声でそう言って。
　離れていく大きい背中。どんどん遠く離れて……。
　何やってるんだろう、あたし。
　……ひどいこと言った。
　でもたぶん、そんなに間違ってない。
　追いかけようか、今なら謝れば……。
　違う。あたしの優柔不断。
　もう、これでいいんだから。
「芙祐ちゃん」
　自問自答の最中。廊下の先、英文科の棟のほうから慶太くんが手を振っている。
　片手を挙げて、ひらひら振る。
　でも、顔に出ていたのかな？
「大丈夫？」
　慶太くんが心配そうにあたしを撫でる。
　その手を、ぎゅっと握りしめた。

「大丈夫だよ。帰ろっか」
　人間関係ってこんなに難しかったっけ？
　うまくいかなくなったんだから、ばいばい、って。
　終わりでいいじゃん。
　眉間にシワ寄せて、考えごとをしてたら。
「ごめん、さっきのほとんど聞いてた」
　って慶太くんの告白。
「え!?」
　ヤバい。どこから聞いてたんだろう？
　あたしのリアクションを見て、困り顔で笑う。慶太くん。
「弥生くんとの揉めごとは、俺のせい？」
「違う、あたしの……」
　あたしの優柔不断な心のせい。
　なんて、言えない。絶対。
「弥生くんに気が行っているなら、追いかけるの今のうちじゃないの？」
　笑顔、ない。慶太くん。
「ないよ、あたし慶太くんしか……」
「弥生くんと縁が切れるよ？」
　いいの？って、真顔であたしに詰め寄る。
「け。慶太くんはイヤじゃないの？　あたしとヤヨが仲良くしてたら」
「イヤだよ」
「じゃあなんでそんなこと言うの」
　慶太くん、あたしをまっすぐ見つめてる。

いつものスマイル、全然なくって。
　……怖い。
「弥生くんと芙祐ちゃんが仲良くしてんの、すごくイヤだけど……」
「だけど？」
　首をかしげると、慶太くんは苦笑する。
「芙祐ちゃんが無理して俺と付き合うのはもっとイヤだよ」
「無理なんかじゃ……。あたしは慶太くんと付き合ってる。それだけでいたいの」
「同情で付き合うとかマジでいらないからね？」
「心底、慶太くんが好きなんだよ。あたし」
　……それ以外はいらないの。
　ひどいよね。残酷だよね。
　思ったより、あたし不器用みたい。
　もうこれ以上、深く聞かれたくないな。
　あたしはそっと目をそらした。
「ふーん。じゃあ、本当に後悔ないの？」
「１ミリもない。慶太くんだけが好きだもん」
「はは。本当かなぁ……？」
「本当！」
　コクコクとあたしが２、３度頷くと、
「まぁ……俺だけ見てればいいと思うよ」
　あたしの頭をぽんっと撫でて、歩き始めた。

　翌日も、翌々日も。

委員の仕事は、各自の席でやってるの。
　　パチン……パチン……。
　　教室、こんなに広かったっけ。
　　空気、こんなに重かったっけ。
　　時間、こんなに遅かったっけ。
　　あたしの分、やっと終わった。
　　パチン……パチン……。
　　後ろからまだ音がする。
　　胃に、穴が開きそう。
「じゃあ、お先に」
「じゃあな」
　　今日の会話も昨日の会話もこれだけ。
　　……だったのに。
「芙祐」
　　なんで呼ぶの。
　　その声にごめんなさいする。
　　荷物をまとめる音で消えたふり。聞こえなかったふり。
　　スクールバッグを肩に引っかけて、教室のドアを開けた。
　　バタン。
　　閉めた音。……響いちゃった。
　　あたしの気持ち。
　　テコでも動かないから。ていうか動かさないもん。

バレンタイン

【慶太side】
　正直ね。
　芙祐ちゃんが弥生くんを避けることって、毒にも薬にもならないというか……。
「慶太くん、おまたせっ」
　弥生くんを巻いてきたんでしょ。
　そのぎこちない笑顔は、罪悪感？
「帰ろっか」
　どんな形でもいいか。
　頑張ってでも俺だけを見ようとしてくれる、真摯さを評価しとくね。
　たしかに、弥生くんのことは100%邪魔だし、助かるには助かるけど。
「……芙祐ちゃん。誰のこと考えてんの」
「え!?」
　ほら。
　逆に意識してるよね。うん、毒かも。
　でも、まぁ。
「無理しなくていいよ」
　俺が責任を持って、芙祐ちゃんのことをちゃんと落とすから。
「バレンタインの日、放課後にデートしない？」

「する」
　頷く芙祐ちゃん。
　その邪心溢れる頭の中、とりあえずチョコでも詰めといてよ。
「どんなチョコがいい？　それとも別のお菓子？」
　あ。本当にチョコ詰まった。
「ははっ」
「なんで笑うのー？」
「ちょっとね」

　昼休み。
　一緒にごはん食べようってメールが来てたから、芙祐ちゃんのクラスに向かった。
「ねぇね、これ見て慶太くん」
　左手に持ったスマホの画面を、右手の人差し指で撫でながらにっこにこ。
　天真爛漫な芙祐ちゃん。
「あった！　これ、一緒に見に行きたい」
　そう言って俺にスマホを向ける。
　最近上映されたばかりの映画、恋愛モノ。
　テレビでその映画の番宣を見た時から、芙祐ちゃんが好きそうだなって思ってたよ。
　これはもう、
「気が合うね」
　って苦笑するとこ。

「何その顔ー?」
　ぷうっと頬を膨らませて。
　違うよ、行きたくないんじゃなくってね。
「ちょうど連れていきたいって思ってたから」
　てか、チケットもう取っちゃったし。
　あーあ、サプライズにしたかったのに。
　気を取り直してにこっと笑うと、やっと頬の空気が抜けたみたい。

　昼休みも終わって、5、6限は英語とライティング。
　放課後になったら、今日はさっさと芙祐ちゃんを迎えに行こう。
　弥生くんを無視する罪悪感から救ってあげる。
　芙祐ちゃんって、どうしようもない。
　それも含めて大好きだけど。

　放課後のチャイムが鳴ってすぐ、芙祐ちゃんのクラスの前についた。
　教室の中は帰る準備する人や、部活の準備をする人でごっちゃごちゃ。
　こうして見る、やっぱり普通科って人数多いなぁ。
　一番前の席の芙祐ちゃん。
　お。ちゃんと起きてたんだ。
　教卓の前で、芙祐ちゃんと先生が何か話してる。
「お前ら最近変じゃないかー?」

……お前ら？
　あぁ。
　死角にいたんだね、弥生くん。
「変じゃないですけど」
　芙祐ちゃんがツンッと言い放つ。
「痴話ゲンカか？　こういうのは男が折れたら早いんだから。な？　坂木」
　ニヤニヤ、せっつくように言う。
　なんだよ、この空気の読めない先生は。
　人ごみを避けながら、教卓に近づいた。
「俺の彼女、返してもらっていいっすか」
　まさに棒読み。
　芙祐ちゃんの後ろから、腕を回して、回収。
「わっ、慶太くん？」
　顔を赤らめる芙祐ちゃん。
　……弥生くん、これね。この前の仕返し。受け取ってね。
　ていうかさ。
　前から、この先生には言いたいことがあったんだよね。
「先生、人づかい荒すぎません？　俺のクラスのクラス委員、こんなに仕事してませんよ」
「な！　それは、ほら。なぁ？」
　あわあわと芙祐ちゃんと弥生くんに助けを求める目も、彼らによってあっけなくスルーされた。
　……なんかすいません。
　そんな流れもあって、先生は両手に抱えてたプリントを

持ち帰ってたね。
　それと、このクラス。みんな帰るの異常に早いね。
　もう誰もいないんだけど。
　2人きりの教室。久々かも。
　なんとなく、2人で窓の外を眺めてた。
　この寒い中、サッカーなんかよくできるね。
　そんな会話しながら。
　窓の景色にも飽きてきたけど、放課後の教室ってなんかよくない？
　窓際の壁にもたれながら、横に並んだ。
「2人っきりだね？」
　改めてそう言った芙祐ちゃん。
　俺にぴっとり。
「くっつきたいの？」
「くっつきたいの」
　はは。かわいいヤツ。
「慶太くん。さっきのもっかいやって？」
　芙祐ちゃんの大きな目が、俺を見つめたまま
　にっこりと笑みを浮かべてる。
　そのお願い顔、いいね。
「何を？」
「後ろから、ぎゅっ」
　そんなの、お安い御用。
　ぎゅっと抱きしめると、今日も髪から花の匂い。
　俺の腕を、小さな手がきゅっと掴む。

「けーいたくん」
　そのままの格好で、俺のほうを振り向いた芙祐ちゃん。
　あー、あれだね。唇。奪いにくるんでしょ？
　ひょいっと逃げてみた。
　かわいい子っていじめたくなるじゃん。
「あ」
　なんで逃げるの？　って、不満顔だね。
　くすくす笑って、その顔を眺める。
　くるり、俺と向き合って、背伸びを始めた。
　頑張れ、残念、届かない。
「もう、意地悪ー」
「ははっ」
　その不満顔の頬にそっと手を添えた。
　顔のすぐそば、至近距離でいったん止まる。
　1、2秒見つめてからキスされるの、芙祐ちゃん好きだよね。
「……んっ」
　ほら、その声。かわいすぎ。
　……ガタン。
　芙祐ちゃんを壁側に、優しく押しつける。
　息、もっと乱してよ。
「ぷはっ」
　あ、逃げられた。
　芙祐ちゃんは真っ赤な顔を両手で覆う。
「――。こんなの……キスじゃない……っ」

失礼だね。
　かわいいかわいい、ゆでダコさん。
「でも……もっとしたい」
　ピンクのグロスが乱れた小悪魔に、今、唇を奪われた。

　今日はバレンタイン。
　四角い箱を持っていく。
　この前、芙祐ちゃんが遊びに来た時、つい出しっぱなしにしててバレかけたやつ。
　芙祐ちゃんはなんか誤解してたけどね。ヘンタイ。
「けーいたくん」
　ひょっこり顔を出す、芙祐ちゃん。
　長い茶髪はいつもより丁寧に巻かれてふんわりしてる。
　きゅうっと上がった口角、俺を見上げる大きな目。
　きらんきらんだね。100点。
「俺が迎えに行くって言ったのに」
　芙祐ちゃんのほうから英文科に来るんだから。
　楽しみなんだね。わかりやすい。
「だって今すぐ会いたかったんだもん」
　べ、って。舌、ちょっと出したね。
　はいはい、かわいいから他のヤツに見せないで。
「行くよ」
　肩を抱いて、撤収。
　そんな俺を見上げるように、斜め上を仰ぐ目線。
「前、見て歩かないとこけるよ」

「へーき。慶太くんがいるもん」
　ニッと笑ったと思えば、ぎゅっと腕にしがみついてきた。
「どこに行くの？」
「これ」
「わ。うれしい！」
　手渡したチケット。
　この前、観たいって言ってた映画のね。
　本当は観たいって聞く前に観に来たかったんだよ。
「楽しみーっ」
　まぁいいや。楽しそうだし。
　チケット眺めてニコニコだね。

　隣の市に出て、駅徒歩３分。
　２月の冷たい風にさらされて、赤くなった芙祐ちゃんの頬と鼻。
　頬に手を当てたら「あったか〜い」って幸せそうだね。
　映画館についた。
　自動ドアが開いたらやっと暖かい空間。
　芙祐ちゃんはマフラーを外してしまうと、手首に引っかけていたシュシュでポニーテールを作る。
　ふわって、花の匂い。ズルいね。
「ポップコーン食べよ？」
「いいよ」
「あたしキャラメルがいいなぁ」
「じゃあそうしよっか」

列に並んで、キャラメルポップコーンを注文。
　ポップコーンに、さらにフレーバーを1つ選んで味つけパウダーっていうのをかけられるらしい。
「キャラメルにはキャラメル味かなぁ？　あ、チョコもあるんだ。おいしそう……」
　そう言いながら、じぃーって見つめる先は。
　俺じゃないんだよね。
　大学生くらいのバイトかな？
　その、見つめられてる真っ最中の、ポップコーンを握る男は、「チョ、チョコもかけましょうか！」と一言。
　って、何やってんの。芙祐ちゃん。
「いいんですか？　ありがとう」
　にっこり。
　ピンクのぷるんとした唇はうれしそうに弧を描く。
　ついでにストロベリーもかけてもらえてよかったね。
　満足そうにポップコーンを受け取り、ご機嫌な芙祐ちゃんだけど。
「彼氏の前で色目使わないでね」
「色目？」
　そのいたずらっぽい笑顔。
　自覚あるでしょ。小悪魔。魔性。
「ああいう顔、他の男に見せたくないな」
「何それー」
　慶太くんらしくなーい、って。
「俺だって妬くよ」

「嘘？　妬いてくれたの？」
　ってか、残念ながらいつも妬いてるけどね。
「へへーっ」
　うれしそうに笑う頭、軽くポンッてしたら、もっと喜んじゃったよ。
　あーあ。かわいいなぁ。
　映画が上映されるのは5番の部屋。
　入った途端。
「なにこれーっ」
　きらきら、目を輝かせてる。
　ね。こういうの好きでしょ、芙祐ちゃん。
「カップルシートって初めて」
　繋がったコバルトブルーのソファの前に、黒いテーブルが1つついてる。
　うまい空間設定してるんだよね、ここって。
　少し湾曲したソファのおかげで両隣は見えないし。
　ソファのサイズもまたちょうどよくて。
　もっとこっち来たら？
　なんてことを言わなくても、必然的にいい感じの近さになる。
「何？」
　これでもかってくらい、ぴっとりくっついちゃって。
「スマートにラブラブデートスポットに連れてくるチャラ男……」
　久しぶりに言われたけど、もうチャラくないって。

「あたしとの思い出でいっぱいにするもん」
　つーん。
　何、その拗ねた顔。
「頑張って？」
「むかー」
　膨らました頬を元に戻したと思えば、ネクタイをクイッと引っ張られて……。
　ちゅっ、って。
「ははっ」
　男前なキスするね。
　そんな芙祐ちゃんも嫌いじゃないよ。
　映画を観てる芙祐ちゃんは、相変わらずの注意散漫。
　映画か、俺か。どっち見てんだか。
　俺を見つめた芙祐ちゃんの口に、ポップコーンを2、3個詰めといたら。
　もぐもぐして、映画に戻っていった。
　何それ。
　クスッと笑って芙祐ちゃんを見た。
　あれで映画理解してるみたいだね。普通に感動してるね。
　ティッシュいる？
「慶太くん、ちゃんと観てる？」
　大きな目に涙をためて、上目づかいのダブルパンチは本当にやめて。
　てか、芙祐ちゃんに言われたくないし。
　クライマックス。

あーあ。芙祐ちゃん泣いちゃったよ。
　まっすぐスクリーンを見つめて、ポロポロ涙を流してる。
　……キレイだなぁ、とか。
　こんなふうに彼女に見惚れたのは初めてだな。
　せっかく面白かった映画の続きも気にならなくなるくらい、俺のほうが注意散漫。
　芙祐ちゃんは逆に、映画の世界から出てこなくなった。
　でも、繋いでいた手、思い出したようにぎゅっと握るね。
　サービス？
　あ、もうこれ。ラストわかんないや。

　爽やかな音楽とともに、エンドロールが流れ始めた。
「いいお話だったね……」
　目と鼻の頭、あと頬が赤くなってる。
　うるうるした大きな目。ぐすん、て。
　今、通りすぎたのカップルの男が芙祐ちゃんをチラ見したね。うん、かわいいよね。
　マジで見せたくないんだけど。独占欲ってこんなもん？
　みんなが館内から出終わったあと、あと数分はここ、貸切でしょ。
「芙祐ちゃん。おいで？」
「え？」
　両手、広げてみた。
　はにかんで、うれしそうに抱きつきながら俺に問う。
「なんで？」

「抱きしめたくなったから」
　芙祐ちゃんをすっぽり腕の中に入れて、「大好きだよ」ってつけ足した。
　やや薄暗い館内。２人きり。
　芙祐ちゃんをそっと離した。
　もっとしてって言うんでしょ？
　……ちょっと待ってね。
「誕生日おめでとう」
　プレゼントを手渡した。
「……え!?　誕生日知ってたの？」
　２月14日、冬生まれの芙祐ちゃん。
「バレンタインだもん、慶太くんが主役じゃなくなるのイヤだから言わなかったのに。なんで知ってるの？」
「俺を誰だと思ってんの」
「大好きな、ダーリン！」
　満面の笑みで俺の腕に飛び込んで、
「ありがとう。慶太くん」
　ぎゅっと俺を抱きしめた。

１分遅れの誕生日

　昨日は、バレンタインであたしの誕生日。
　人生初の手作りチョコ、おいしいおいしいって食べてくれたよ。
　慶太くんからもらった四角い箱の中はね。
　きらきらデコられたスマホケース。
　大きいリボンにラインストーン散っちゃって。
　超かわいい。超好み。見てるだけで幸せ。
　だってね、リボンの端っこに【F－K】って入ってるんだよ？
　芙祐－慶太。
　あたし、こういうの大好き。
　学校でさっそく、無駄にスマホいじいじ。
「ねぇ藍ちゃん見て見て」
　誰かに見せたくなっちゃったからね、藍に見せるね。
「これがもらったやつ？　かわいい。芙祐好きそうだね」
「うん」
　あたし、にっこにこ。
　そんなイイ気分なあたしに。
「あのさ」
　って……この声はヤヨだ。
　藍が「なにー？」って言ってくれたから。
　あたし退散。

ぷいっとはしてない。そーっと後ずさり。

　２限の終わりも３限の終わりも、ヤヨがあたしの席に来る気配。
　いや、勘違いかもしれないけど。
　でもね、一応トイレに行くね。
「芙祐さ、弥生のこと避ける意味ってなんなの？」
　藍ちゃん、リップクリームを塗り塗りしながら、あたしに聞く。
　やや呆れ顔だね。
「ヤヨと仲良くしたら、慶太くんイヤでしょ？」
「ふぅーん？」
　腑に落ちないんだね。そんなリアクションだね。
　リップ塗り塗り。
　もううるうるだから大丈夫だよ、藍ちゃん。

　放課後になったけど、委員の仕事ナシ。先生は自粛中。
　慶太くんのおかげだよ。
　でもちょっとかわいそうだから、もう少し反省したら手伝ってあげるね。センセ。
　わいわいがやがや、賑(にぎ)やかな教室。
　置き勉するために、山積みの教科書を抱えて教室の後ろにあるロッカーへ。
　おっけー、ギリギリ入ったよ。収納美人。
　満足顔であたしの席に戻ろうとしたら、ヤヨと0.1秒と

かそのくらい目が合った。
　だからあたし、そらしたんだけど。
「芙祐」
　って、声が届くより早く。
　あったかくて力強い手が、あたしの右手を捕まえた。
　それも、みんなの前で。
　男子たちと話してたはずのヤヨが、イスに座ったまま、あたしの手を掴んでこっちを見上げてる。
　男子たちも「？」って。時、止まってるよ。
　何より時が止まってるのは、あたしだけど。
　びっくりして、5秒くらいヤヨと見つめ合ってた。
　はっとして、手を振りほどいた。
　わいわいがやがやしてた教室。
　あたしたちのまわりだけ、ボリュームが下がってる。
　……注目の的。
　しん、と、した時。
「誕生日おめでとう」
「昨日……なんですけど」
「知ってる。でも芙祐が去年言ってたアレ。覚えてるから」
　……。
　アレ。
　あたしもすぐ思い出した。
　心の奥の奥のもっと奥。
　ほわってあったかくなるような思い出。
「うん。ありがとう」

ぎゅっと拳を握りしめる。
　この右手には何もなかったんだよって、体に教えるの。
　スクールバッグに持ち物を入れたら早く帰ろう。
　最悪だもん、この空間。
　あたし、一番前の席だけど、後ろから２番目くらいの席にいる、ヤヨたちの声、普通に届くから。
「弥生って土屋さんと本当に何もねえの？」
「最近の２人って、なんか変だし」
「それに今のは、なぁー？　土屋さんのこと好きなんじゃねぇの？」
　ヤヨの返事を待つ男子たち。
　暇人。早く帰れ。
　そう願ってるのに、
「好きだったらなんだよ？」
　ヤヨはわざとらしく、あたしに聞こえるくらい、はっきりと言い放つ。
　がしゃん。
　スクールバッグに筆箱、入れ損ねちゃったじゃん。
「……っ！　弥生がやっと認めた!!」
　わっ、と盛り上がる男子たち。
　あたしは筆箱を急いで拾って、スクールバッグに詰め込んだ。
　男子たちの話題は、まだヤヨとあたしのこと。
　全部聞こえてる。
　ヤヨの逆襲か、なんなのか知らないけど。

……もうやだ、この空間。
　スクールバッグに机の上のものをしまってたら、藍ちゃんが肩をトントン叩いた。
「芙祐、さっき弥生が言ってた『アレ』ってなに？」
　ほらね、あんなに席の離れた藍にまで聞こえてたじゃん。
「はぁ……」
「芙祐、顔赤いよー？」
　藍ちゃん、ニヤニヤしないで。
「赤くないよ」
　藍の胸に飛び込んだ。
　よしよしって頭ナデナデしてくれる。藍ちゃん。
「……バカヤヨ」
　もうやだ。一気に引き戻される。
　手の感触も、声も。なんで頭から離れないの。

　去年の２月14日。
　まだ１年生だったあたしたち。
　机でカリカリ勉強していた、数学マニアくんの前の席に座った。
「勉強ちょっとやめて、ヤヨちゃん」
　あたしがそう言うと、「は？」って迷惑してる態度をとるくせに、ちょっとうれしそう。
「はい、バレンタイン」
　彼氏と１週間前に別れたんだけどね。
　世の中はバレンタインムードでしょ？

あたしも誰かにあげたいなって思ったら、抹茶チョコを見つけたんだよ。
　じゃあ、ヤヨにあげるしかないよね？
　ヤヨの好きな抹茶チョコ。
　かわいい袋いっぱいに詰めてプレゼントした。
「ありがと」
　ヤヨがすっごくうれしそうにもらってくれたの。
　だからあたし、うれしくて、調子に乗って、制服のポッケに入ってた飴ちゃんも全部あげた。
「ホワイトデーは期待してるよ」
「まぁ無理だな」
「無理っていうの無理。てかね、あたし今日、誕生日なんだよ」
「マジ？　おめでと。はい、これ」
　って、今あげた飴を渡すのはやめてくれないかな？
　差し出された飴はヤヨのお口に入れといた。
　そんなことよりあたしの愚痴を聞いてよ、ヤヨちゃん。
「いつもバレンタインはクリスマスのプレゼント交換みたいなことになるんだよ。なんか損だと思わない？」
「その気持ちはわからないでもない」
「え？　本当？」
　わかってくれるの？
　話を聞いたら、あたしとヤヨは仲間みたい。
　３月生まれだから弥生。
　３月14日生まれのヤヨちゃん。

「それにね、あたしが生まれたのって２月14日の23：59なんだよ。あと１分で15日」
「惜しいな」
「ねぇ？　15日なら、14にバレンタイン、15に誕生日で楽しい２月なのにー」
「そんな変わんねぇだろ」
　ヤヨは鼻で笑うけどね、レディにとって、イベントって１つ残らず重要なんだよ？
「だからね、ヤヨちゃん。明日もお祝いしてくれていいんだよ？」
　両手で頬杖をつきながら、あたしにんまり。
　ヤヨは呆れ笑い。
「覚えてたらな」
　翌日、ちゃんと覚えててくれた。
「おめでと」
　って、あたしに駄菓子の詰め合わせをくれた。
　今年も、たぶんそれ。
　15日に変更してもらったお祝い。

　ぎゅっとスマホを握った。
　【Ｆ－Ｋ】の文字をナデナデして英文科の教室についたら、すぐに目に入っちゃう慶太くんのことを呼ぶの。
　慶太くんは、クラスの女子にノートを見せていた。
「芙祐ちゃん来てくれたんだ。ちょっと待ってね」
　あたしが名前を呼んだだけで、いつもの目をしてくれる。

あたしのこと大好きでいてくれてる、大好きな目。
「じゃあ俺は帰るね。ノートは机の上に置いといてくれればいいから」
　そう女子に伝える慶太くん。
　何よりあたしを優先してくれて、
「どうした芙祐ちゃん？」
　なんかあった？　って。すぐ気づくよね。いっつも。
「何もないよ」
　そういうあたしのこと、「そう？　ならいいけど」って。
　本当は見透かしてるんだろうけど踏み込まない。
　……今までの誰よりも胸張って言える。
　あたしが慶太くんのこと想うのと同じくらい、慶太くんはあたしのことが好き。
「帰ろっか」
　差し出された手のひら。ぎゅうっと繋いだ。
　……離さないし、離すもんか。
　ふぅって、深呼吸１回、ヤヨを頭の中から追い払う。

　翌日、先生は申し訳なさそうに、あたしたちに仕事を頼んできた。
　静まり返った印刷室。
　ピーーー。
　電子音、やけに響くね。印刷終了の合図。
　気まずさに凍りそう。うん、いっそ凍りたい。
「なぁ」

せっかく、ここまで沈黙に耐えたのに。
「なに？」
　コピーのすんだプリントを揃えながら、返事した。
　ヤヨのほうは見ない。
「それ貸して。俺が持ってくから」
　バッと奪われて、代わりにあたしの手のひらには……。
　見覚えのあるパッケージのお菓子。
「いらな……」
　ヤヨ、コピー室から出ていっちゃった。

　早業。マジシャン。
　この抹茶クッキーって、クリスマスイブにヤヨに会った時、一緒に食べたやつ。
　幻の復刻版のやつ。
　うま、って。ヤヨ笑って食べてた。
　愛だの恋だの、全部邪魔なの。
　でもあたし。ヤヨの笑ってる顔不足。
「はぁ……」
　あたし、何がしたいんだろ。
　ヤヨからもらったお菓子、握りしめて。
　下駄箱の前、数秒停止。
　ヤヨの出席番号は、15番だっけ。
　ヤヨの下駄箱に、さっきもらったお菓子は返しておいた。

大嫌いな悪魔へ

【弥生side】
　３月14日。
　すれ違いざまに芙祐に言われた。
「おめでと」
　目も合わせなくて、もちろん笑いかけることもなく。
　たぶん、俺が芙祐の誕生日を祝ったから。
　義理と人情の「おめでと」なんだろ？
　マジいらねえ。そういうの。
　誕生日プレゼントにあげた抹茶クッキーは、ご丁寧に下駄箱に返品されてたし、告るんじゃなかった。
　こんなふうになるなら、他のあいつの元彼たちみたいに、適当に付き合われて、適当に縁切られたほうが数倍マシだった。
　去年は、
『誕生日おめでとう、ヤヨちゃん』
　俺の前の席に座りながら、頭撫でてきやがって。
『やめろ』
　そう言うと、いたずらっぽく笑って。
『照れ屋さん？』
　ニコニコ楽しそうに人をからかってきた。
　もういっそその時のままでもよかったかも。
　……もうやめようかな。

好きでいるの、バカらしい。
　脈がないことくらい、とっくに気づいてる。さすがに。
　あいつの鉄壁ガード食らうくらいなら、前の関係に戻りたいとか、そういう欲すら沸かなくなった。
　ただのクラスメートに格落ちしてもいい。
　目が合いそうでそらされる日々に、もう十分、心は折られていた。
「……で？　失恋完了？」
　モグに会いに来た麻里奈は、玄関で満足そうに笑う。
　本当の鬼。
「完了じゃね？　もういい」
「じゃあ」
「だからってお前の斡旋する女とメールとかしないから」
　女なんかしばらくいらねえよ。
「そうじゃなくって。これ。好きな子にうつつ抜かしてないで、夢に向かって頑張れ」
　麻里奈はにっこり笑って、その手に持つ紙を、ひらひら揺らした。
　３年になったら理数科に行く。
　その試験合格を知らせる紙を麻里奈が……。
　なんでお前が持ってるんだよ。怖いわ。
「やっちゃんやっぱり頭いいね。理数科に転科って難しいんでしょ？」
「別に」
「これはもう出世コースの始まりだよ、やっちゃん！」

麻里奈は目を輝かせる。
「お前さ……」
　昔、言ってたよな。
　やっちゃんは勉強頑張って、出世コース目指してね。
　私は家庭科頑張って花嫁修業……うんぬん。
「俺、麻里奈とだけは間違っても結婚しないから」
「えー？」
「えーじゃねぇよ。ふざけんな」
「養ってほしかったなぁ」
「それ何人に言ってんだよ。怖えわ」
　クスッと麻里奈が笑う。鬼。
「まぁ私のことはいいから。ケリつけてきたら？」
「はいはい、どーもな。麻里奈もさっさと彼氏作れよ」
「任せといて。でもなかなかやっちゃんよりいい人っていないんだよねぇー」
「言ってろ」
　心底思うけど、俺って、麻里奈とか芙祐とか、なんで面倒くさいヤツにばっか惚れんだろ。
　モグの散歩がてら、麻里奈を家まで送り届ける。
　麻里奈の後ろ姿を見てたら、ため息が出た。
　幸せ逃げるらしいから、ため息はこれで最後にしとこ。

「おはよ。芙祐、最近遅刻しすぎ」
「おはよう。待っててくれてありがとう藍ちゃん」
「芙祐はマイペースすぎるよ。だいたい芙祐は」

今日も遅刻魔は藍に怒られてる。
　教科書を取ろうとロッカーまで来る途中、俺の席を横切るけど、あいつが見向きもしないことに慣れた。
　もうしんどい。やめた。
　あと1回、最後に話したら終わりな。
　3月。もうすぐ終業式だし。クラス変わるし。俺、理数科に行くし……芙祐なんかもういいし。
　放課後、今日は冊子づくりを頼まれてるから。
　ちょうどいい。大嫌いな悪魔と決別式。
　あと6時間。しんど。
　同じクラスにいたら、いやでも目に入るんだよ。
　癖？　目が、あの自由人の自由っぷりをつい追ってる。
　そのたびに、そらすのももうたくさん。
　早く3年になりたい。

　待ちに待った放課後。
　やっと教室で2人きりになった。
　教卓の目の前の席に芙祐と、一番廊下側の後ろから2番目に俺。
　……遠。話しづら。
　……パチン。
　芙祐は黙々と作業を続けてる。
　たまにきらっきら輝いてる派手なスマホを手に取って。
　たぶん彼氏とメールかなんかしてるんだろうな。
　そろそろ桜木慶太が来るかもしれないし、早いとこ話を

終わらそう。
　高速で冊子を作りあげた。
　いつもの芙祐の作る冊子と同レベルに雑だけど、荷物をまとめて、逃げる体制は整えた。
　一番前の席まで歩く。
　芙祐の席の前に立つと、顔を上げてこっちを見た。
　なんでこっち来るの？　って、そんな困った顔で見んな。
「あのさ」
「なに……？」
　芙祐は気まずそうに目をそらす。
　パチン……冊子の四隅は完璧にそろってる。
「今まで言ったこと全部忘れて」
「え……何を？」
　芙祐は真ん丸な目をして、俺に問う。
「お前のこと好きとか……もうないから」
　淡々と出てくる敗北宣言。
「……俺の存在ごと忘れて」
　そうつけ足したら、芙祐の目、少し震えた。
　できればもう少し欲しい。
　一応、俺とお前、もともと大事な友達なんだろ？
　顔、伏せんな。そのかすかな涙目。せめてもう少し潤ませろ。
「俺もお前なんか忘れるから」
　もう手も出さないし、話しかけもしない。
「これだけ話さなかったら目ぇ覚めた。他人になろーぜ。

土屋さん」
　あいつの大きな目から大粒の１滴が落ちた。
　よかった。……泣いてやんの。
　ザマアミロ。
　そう心で思ってるはずなのに、体は勝手に動いてた。
　なんで俺、こいつの涙拭ってんの。
　……間違った。今のなし。
　つーか、なんでそんな目で見るんだよ。
　失恋してんのこっちだろ。こっちが泣きてえわ。普通に。
　結局、一度も男として見てくれなかったんだよな？
　他のヤツには簡単に落ちるくせに。
「お前みたいなヤツ……大嫌い」
　好きすぎて、マジで嫌い。もう見たくもない。
　しんどい。
　芙祐は顔を伏せてたから、どんな顔をしてたのかは知らない。
　俺は踵を返し、教室の後ろのドアから廊下に出る。
　追いかけてくるわけもない。
　別に、わかってるけど。
　唇をかみしめて、もうこれで満足したことにした。
　俺は有言実行派だから。
　言ったとおり、お前のことなんか大っ嫌いになってやるし、キレイさっぱり忘れてやるから。

桜の季節

　4月に入って一番びっくりしたことは、ヤヨが理数科に移ったこと。
　今年はクラス替えがないのに、教室のどこにもヤヨはいない。
「起立、礼！」
　ヤヨよりぴしっとした声。
　新しいクラス委員が号令をかけた。
　1限、数学。
　エースを失った痛手、大きいね。
　黒板には長ったらしい数字の列。うんざり。
　さっぱりしたショートカットの公式はもう見れない。

　昼休みはあっという間。
　毎日、変わらない日々。
「芙祐、元気なくない？」
「そんなことないよ」
　藍ちゃんとお弁当を持って、英文科まで歩く。
「何かあったの」
　藍ちゃん、何度も聞くけどね。
　ヤヨとの出来事、冷静に話せる自信ない。
「芙祐ちゃん、目ぇ死んでない？」
　慶太くんは、いつもの目であたしを見つめる。

大好きだよって、目が言ってる。
「元気だよ。春休み明けでちょっと萎えてるけど」
　　言い訳。
　　なんかね。慶太くんのその目、うまく見れない。
「芙祐ちゃんの髪、ストレートでおろしてるのって珍しいよね」
　　うん。せっかくの晴れた春の日なのに、巻く気分になれなかったの。
「変かな」
「かわいいよ」
　　にっこり、慶太くんの笑顔で元気になれるはずなのに。
　　ため息、出そうになった。今。
「慶太くん、今日の放課後遊ぼ？」
　　ぱーっと、ずっと一緒にいたら、きっとヤヨの存在ごと全部忘れちゃう。
「いいよ。どこ行きたい？」
「一緒にいられればどこでもいい」
「かわいいこと言うね。んー、桜のライトアップでも見に行く？　３色団子おいしいらしいよ」
「桜……お団子」
「３色団子嫌い？」
　　嫌い？
『お前みたいなヤツ……大嫌い』
　　ヤヨの言葉、思い出した。
　　途端に胸がぎゅって……痛い。

「芙祐ちゃん？」
「あ……うん」
　なんだっけ。
「桜はあんまり興味なかった？」
　そうだ、お花見。
「ううん、大丈夫」
「乗り気じゃなかったじゃん。無理しなくていいよ」
　慶太くんは優しく笑う。
　こんなに優しくてカッコよくて愛してくれる人、ほかにいない。いるわけない。

　教室に戻る途中。
「弥生ー！」
　女の子の甲高い声。その声に振り向いた。
「今から理数科に行こうかなって思ってたとこなのー！これ教えて？」
　ぴょんぴょん。あの子うさぎかな。
　ヤヨに差し出すノート。それを覗くヤヨ。
　……ちか。
「じゃあ教室に来て」
「やったぁー」
　２人はあたしの横を通りすぎて、理数科の教室のほうへ歩いていく。
　ヤヨの世界に、もうあたしはいないみたい。
　先にヤヨをあたしの世界から追い出したのは、紛れもな

くあたしなのに。
　大っ嫌いになってくれたのに、大っ嫌いになれない。
　消えてもくれない。

　放課後の教室。
　慶太くんと２人きり。
　誰にも邪魔されない、この時間が好き。
　でもなんか、心、ぽっかり。
「芙祐ちゃん」
　慶太くんはあたしの右手、ぎゅうって握った。
　きらり、輝いた。あたしの指輪。
　その輝きに注意が行ったその瞬間、
「キスしていい？」
　耳元で優しい低い声。アロンの香り。
「うん」
　慶太くん、わざわざ聞くんだ。
　奪ってくれていいのに。
　あたしは慶太くんを見つめて、キスを待った。
「……やっぱやめた。帰ろ、芙祐ちゃん」
　パッと手をほどいて、慶太くんは歩き始めた。
　……なんで？
「なんでキスしないの？」
「んー？　なんとなく。今日どこデート行こうか？」
「デート……」
「行きたいって言ってなかった？」

「行く」
　あたしの半歩先を歩く。
　慶太くんの様子がおかしいのは、怒ってるから？
　あたしの様子が変だから？
「慶太くん」
　待って。
　でもその空いた手のひら、掴む気になれない。
　振り払われそうで怖かった。

　歩くこと10分。
　桜並木。まだ桜は三分咲き。
　ひとけナシ。
　桜並木の真ん中で、慶太くんはあたしに向き合った。
「芙祐ちゃん今、誰のこと考えてる？」
「え？」
　誰、って。
「やっぱいいや。言わないで」
　慶太くんは「ごめんね」って笑う。
「よい、しょ。と」
　道の真ん中で、あたしの両手をグイッと引っ張った。
　よろけたあたしは、ふんわりと抱きしめられた。
　大きな体。大好きな両腕のぬくもり。
「芙祐ちゃんには俺がいるでしょ」
　耳元で聞こえるのは落ちついた声。
　優しい、いつもの慶太くんの声。

慶太くんは、いつだってあたしのことなんかお見通し。
「慶太くんのことが大好きだよ」
　慶太くんの胸にこもる声。
「ありがとね」
　ははっ、っていつもみたいに笑う。
　あたしは慶太くんを見上げた。
　慶太くんもあたしのこと見てた。
　……キス、してくれるかな。
　ちょっと期待したけど、ここ外だし。
　されなかった。
「桜、全然咲いてないし、３色団子もまだだったね」
「でもなんか癒し系。桜ってあたし好きだなぁ」
　そういえば慶太くんの苗字って桜木だよね。
　桜の木でかわいい。
　土屋ってそろそろ飽きたし。
「桜木芙祐になりたいなぁ」
「なにかわいいこと言ってんの」
　慶太くんはあたしの手を引いて、歩き始めた。
　今度は隣同士。歩幅、ぴったり。
「坂木芙祐じゃなくていいの？」
『坂木』
　その単語にフリーズした。
「「……」」
　一瞬の沈黙。
「……さ。坂木とか、やだし」

たぶん、試された。今。
「うん」
　満点にはまったく届かない、あたしの反応。
　でも慶太くんは、にっこり笑って頷いた。
　でもね、やっぱり、あたしの反応はダメだったみたい。
　あたしだって、こんなに急じゃなかったら、「坂木はイヤ」とか即答できた、はず……。
　ってこれは言い訳。
　慶太くんは苦笑いした。悲しそうな、苦笑い。
「……好きだよ。芙祐ちゃん」
　残念なくらいストレートなあたしの髪をすくい、
「俺のものでいてよ」
　切なげな笑顔、頭から離れなくなった。
　頭の中、整理するとか。そんな経験、今までなかった。
　誰かを好きになるって、もっとシンプルなことじゃなかったっけ。

　桜も満開になったころ。
　再び、お花見に行った。
「芙祐ちゃん」
　いつもどおり優しい声で。
　暗がりと人ごみに紛れたあたしたち。
　慶太くんは久しぶりにキスしてくれた。
「大好き」
　あたしは毎日伝えてる。

慶太くんを不安にさせちゃ、絶対ダメ。
　ヤヨのことが頭をよぎったら、「アーアーアー」って頭の中で叫ぶようにしてる。

　普通科。文系、大学進学クラス。
　今日は数学の倍以上、英語の宿題がいっぱい出た。
　放課後は英文科に行って慶太くんに質問攻め。
「ありがとう。よくわかった」
　ていうか、ネイティブ。
　当たり前だけど英語ペラペラ。
　もう本当に聴き惚れたから。
　勉強道具を片づけて、今日も一緒に帰る。
　廊下を歩きながら、将来のこと話してみたり。
　受験生っぽい。
「芙祐ちゃんは何学部に行きたいの？」
「恥ずかしいから内緒」
「恥ずかしい学部なんかないじゃん」
「だって落ちそうだし。慶太くんは英文……」
『英文学科に、行くの？』って聞こうとした時。
「弥生っ。かーえろ！」
　その声とともに目を奪われたのは、ヤヨの腕をぎゅっと掴んで隣をキープした、女子。
　ヤヨ、もしかして彼女が……。
「あいつのことはもういいだろ」
　慶太くんに強く腕を引っ張られた。

ちょうど目の前にあった空き教室に連れられて、すぐにドアを閉められた。
　　慶太くんの咎めるような視線に、
「ごめん……なさい……」
　　あたしの声、ちょっと震えた。
「……はぁ」
　　慶太くんはため息とともに、あたしの腕を離した。
「俺がごめん。何やってんだろうね」
　　帰ろうか、って、またにっこり笑う。
　　ごめんなさい。慶太くん。
「……もっと怒って」
　　全部。責めて、咎めて、あたしの目、覚ましてほしい。
　　そんな甘えは通用しないかな。
「んー……」
　　慶太くんは困った顔であたしを見る。
「また今度ね」
　　笑顔で流された。

桜散るころ

【慶太side】
　芙祐ちゃんからキスしてこなくなったのは、いつからだっけ。
「慶太くん、帰ろ」
　飛び込むみたいに俺の腕を掴んできたのに、最近はまったくしてこない。
「芙祐ちゃん、今日俺んち来ない？」
「行く」
　けど、俺の誘いには２つ返事で応える。
　俺が手を差し出せば、小さな手はぎゅっと握ってくれる。
　校門に差しかかった時、弥生くんの元カノが見えた。
　まだ親交あったんだね。
　もういっそ、キミの存在すら困るんだけど。
　俺は芙祐ちゃんの視界に彼女が入らないように、手を引いた。
「たまには寄り道しない？」
「うん？　いいよ」
　俺たちはUターン。
　無事、成功したと思ったのに、俺と芙祐ちゃんの視界に代わりに入ったのは弥生くん本人の姿。
　すれ違う時も、２人は目すら合わせない。
　芙祐ちゃん、なんでそんな目で地面を見つめてんの。

匠経由で聞いた藍ちゃんの情報によると、弥生くんのほうから、芙祐ちゃんと縁を切ったとか。
　……本当に余計なことしかしないよね。
「麻里奈！」
　弥生くんは、わざとらしく大きな声で彼女の名前を呼んだ。
　芙祐ちゃんはその声に半分振り向いて、やめた。
「そういえば英語の課題、終わった？」
「あ……うん」
　にこり、いつものように笑ってくれるけど、全身で弥生くんのこと気にしてるでしょ。
「慶太くんのおかげだよ。大好き」
　毎日、毎日。芙祐ちゃんは、自己暗示でもかけるように「大好き」って言う。
　自己暗示、いつまでかけさせよう。
「俺も好きだよ」
　そう言うと、芙祐ちゃんはうれしそうに笑う。
　散り始めた桜並木を通りながら。
　遠回りの末、家についた。
　家で遊ぶのは久しぶりかも。
「慶太くん、これ好き？」
　芙祐ちゃんは、カバンからお菓子をいくつも出した。
　甘いの本当に好きだよね。
　とくに……。
「あれ？　今日は抹茶ないんだ？」

珍しいね。そう言ったら。
「うん。ブーム去ったんだ」
　まるで1人ぼっちになったみたいに。
　なんでそんな顔すんの。
　……芙祐ちゃんは、俺だけを見れる？
　ふわりと巻かれた長い髪。近づけば、今日も花の匂い。
　大好きな、目、鼻、唇。声も体も、全部。
　優柔不断で、いつも自由で、意外と不器用で、人のこと考えては空回って。
　人のこと惑わせて、夢中にさせて……。
「大好き」
　わかりやすい自己暗示。
　俺はどんな芙祐ちゃんでも、全部好きだよ。
　色白の肌。頬に手を添えて、唇を重ねた。
　軽く触れて、離したらすぐ「好きだよ」って伝える。
　……俺のは自己暗示じゃなくてごめんね。
　何度唇を重ねても、芙祐ちゃんのほうからしてくれることはない。
　もっと、と、ねだることもなくて。
「慶、太くん……っ」
　俺の名前を呼ぶのが精いっぱい。
　芙祐ちゃん、涙目になっている。
「……はぁっ」
　乱れた呼吸すら、全部愛しい。
　ベッドの上。

芙祐ちゃんをなるべく優しく押し倒した。
　制服のブラウス。ボタンをはずしていく。
　火照る頰。首元にキスをした。
　キスマークなんか、芙祐ちゃんにだけはつけたくない。
　俺のものっていう印？　くだらない。
　誰にも想像すらされたくない。
　両手を掴まれ、組み敷かれた芙祐ちゃん。
　２人の重さでスプリングが軋（きし）む。
　芙祐ちゃんはまっすぐ俺を見つめた。
　その目は、そらしたくなるほど正直だった。
「……やめよっか」
「え？」
　小さな声。戸惑ってる。
　乱れた服、直すことも忘れてるでしょ。
「お茶持ってくるから。服直しといて」
　部屋を出ずにはいられなかった。

　俺、前までは女の子と遊び回ってきたし、女心は理解してるほうだと思う。
　芙祐ちゃんは、俺のことなんか、もうほとんど見てない。
　芙祐ちゃんって、頭いいよね。
　学年でもいつも順位は一桁（ひとけた）だもんね。
　本当にすごいと思うよ。
　全然バカじゃないじゃん、芙祐ちゃんは。
　だから、とっくにわかってるんでしょ。

……誰のことが一番好きなのか。
「もう遅くなるし送ってくね」
「まだ時間は平気だけど」
「うん。でも行こ」
　にこっと笑って、芙祐ちゃんの手のひらを握った。
　どうせなら、春らしい芙祐ちゃんが見たい。
　なんか春って似合いそうじゃん。
「こっちから帰るの？」
「今日2回目の寄り道。どう？」
「うん、いいよ」

　ニコニコ、俺の手を握りしめて。
　たどりついたのは、川沿いの桜並木。
　ここのは学校前の桜並木より、散るのが早い。
　花びらの絨毯。
「全面ピンク。かわいー」
　芙祐ちゃんはニコニコとその道を歩く。
　風で揺れる栗色の髪。髪を押さえる小さな手。
　花びらがその上を舞う。
　……やっぱり春が似合うね。芙祐ちゃん。
　夏も、秋も、冬も。芙祐ちゃんといっぱい思い出を作ったから。
　短かった春の分。この姿を最後に焼きつけておこう。
　不意に芙祐ちゃんのまわりを、桜の花びらがひらひらと舞い散る。

夕方にはまだ少し早い、青空。
「慶太くん、こっちこっち」
　芙祐ちゃんは大きな目、輝かせて俺を手招きする。
　……芙祐ちゃんのところには、行かないでいてあげる。
　俺と芙祐ちゃんとの距離は、桜の木１本分。
「芙祐ちゃん」
　いつものように、愛しい名前を呼んだ。
　何回くらい呼んだんだろうね、俺。
「んー？」
　芙祐ちゃんは花びらを空中で掴みながら、笑顔をこぼしている。
　楽しそうだね。
　聞き返されるのはイヤだから、はっきりと、そんな芙祐ちゃんへ。
「俺たちもう別れない？」
　にこり、笑う。
　俺ね、芙祐ちゃんの前でだけは、誰より優しくいたかったんだよね。
　だからね、円満に終わりたい。
　平和主義の芙祐ちゃんも、そっちがいいでしょ。
　芙祐ちゃんは花びらを捕まえようと宙に上げた手を、すとんとおろした。
「……なに、言ってるの？」
　芙祐ちゃんの顔から表情は消えた。
　そして、芙祐ちゃんの手のひらから、桜の花びらがこぼ

れ落ちた。
「……あたしのこと嫌いになった?」
　俺のところまで歩いて、大きな目が俺を見つめる。
「嫌いになったわけじゃないよ」
　よしよし頭を撫でると、芙祐ちゃんの手はそれを払った。
「やだ」
　芙祐ちゃんは俺の手を捕まえて離さない。
「やだってのが、やだ」
　俺の気持ちなんか簡単に揺らぐからね。
　……そんな目で見なくていいから。
　俺、笑えなくなるじゃん。
「やだ……別れたくない」
　芙祐ちゃんの目に涙がたまっていく。
「あたし最近、態度おかしかった……かも、しれないけど、直すから。全部……っ」
　ひっく、嗚咽を漏らしながら、何度も目をこすってる。
　そんなにこすったら、
「……痛くなるよ」
　芙祐ちゃんの手を取り上げると、再び「別れたくない」って小さく叫んだ。
　しゃがみ込んで泣いちゃった。
　そばに寄り添い、俺もしゃがんだ。
「芙祐ちゃん」
　小さな背中、ポンポンと叩く。
　あまりに泣きじゃくるから、ぎゅっと1回抱きしめた。

「……ごめんね。もう付き合えない」
「……っ。なんで……」
　好きだからだよ。大好きだから。
「嫉妬しすぎて疲れた」
　大好きすぎて疲れた。
「嫉妬、って。ヤヨ……？　もうヤヨとは……っ、何も」
「俺のために、弥生くんのこと忘れられるの？」
「当たり前だよ！」
　嘘つき。
　もうね、芙祐ちゃん。
「別れたいとしか思えない」
　自己暗示ももうやめて、心の底から幸せになりなよ。
「ごめんね、芙祐ちゃん」

　腕の中でしばらく泣いてた。
　でも、日が落ちるころには芙祐ちゃんも納得してくれた。
「今まで……ごめんね。ありがとう」
　そう言う芙祐ちゃんの真っ赤な目。
　その目が笑みを作った時、俺も泣きそうになった。
　芙祐ちゃんから離れて、立ち上がる。
　芙祐ちゃんは最後１回くらい、俺だけを見てくれたかな。
「帰ろっか」
　夕暮れの道、手を繋がずに歩いた。
　振ったのは俺だけど、本当に振られたのは俺のほう。
　だから、っていうか。

1つ、聞きたいことがある。
「俺と楽しい思い出できた？」
「楽しい思い出しかないんだもん……っ」
　あーあ、また泣いた。
　もう涙は拭わないからね。
「ならいいや」
　芙祐ちゃんの頭は、楽しいことは〝永遠リピート機能つき〟らしいから。
　もうそれで十分。
　最後だって思うと、道のりって余計短く感じるものだね。
「もう……っ、ほんとに、最後なの？」
　大粒の涙。まだ枯れないみたい。
「最後だよ」
「……っ」
『泣かないで』
　そんな言葉、思ってもなくてごめんね。
「俺のために泣いてくれてありがとう」
　……降参だよ、芙祐ちゃん。

もう一度、ゼロに戻る

　家に帰るとね。なんか毎日涙が出る。
　慶太くんと別れて、もう半月以上たったのにね。
　慶太くんと繋がらないスマホなんか、持ってたって意味ないんだけど。
　慶太くんとの写真も、メールも１個も消せないよ。
　『思いきって全部消したら忘れられる』って、ママが言っていたけどね。
　そうできない乙女心をわかってくれないなんて、ママは本当の失恋を知らない幸せ者なんだ。きっと。
　『思い出は美化されるもの』って、パパは笑っていた。
　美化とか、ないし。全然ないし。
　お祭りもクリスマスも、放課後の教室も。ケンカも、仲直りも。
　慶太くんとの思い出、美化しようがないくらい楽しかったことしかないもん。
　あ。また涙。
　……自業自得。
　慶太くんに言われたとおり、ヤヨのことずっと気にしてたのは事実だもん。

　学校につくと、ほんの少しスイッチが切り替わる。
　普通科の教室は本当に平穏。

「芙祐、もうふっきれたみたいだね」
　藍ちゃんすら騙されるほど、あたし、あっけらかんとしてるふり。
「慶太くんとも別れたし、そろそろ弥生と仲直りしたらどう？」
　藍ちゃん。
　仲直りしようなんて言える立場じゃないでしょ、あたし。
「芙祐、また合コン行こーよぉー？」
　リコ、いつの間に来てたの。
「リコちゃん、あたしそんなに切り替え早くないよ」
「どの口が言ってんの？　それ」
　藍にスパンと斬られた。
　そうだね。
　前科者だからね。常習犯だしね。
　たしかに切り替えずっと早かった。あたし。
　でもね。この心の重たさは表現しようがないくらいだよ。
　kgとかtとかそういう次元じゃない。
　重すぎて、まだ動けない。
　次の恋愛なんて、あたしにあるのかな。

　5月の学年集会。
　長い話のあとは、恒例の頭髪検査。
　すっかり忘れてた。あたしとしたことが。
　この茶色い髪も、制服のリボン……どころか今日はネクタイにしてきちゃったし。

スカートも、アクセサリーも……。
　今日もあたし、絶対捕まる。
　案の定、先生はあたしを視界に入れた瞬間に「お前も指導室」だって。
　うん。アウト。
　生徒の義務だから、いつもなら生徒指導室にはちゃんと行くんだけど。
　今日はバックレる。
　だって、慶太くんもきっと捕まったはず。
　慶太くんには今、一番会いたくない。
「芙祐、何してんの!?　指導室に行かなかったの？」
　飄々(ひょうひょう)と教室に帰ったら、藍ちゃんに怒られた。
「そんなことするの芙祐くらいだよ！　どうなっても知らないからね!?」
「藍ちゃん冷たい」
　でもね。バックレたわりに何も起こらない。
　お咎めナシ？

　なんか普通に授業は始まっちゃって、普通にお昼休みを迎えちゃった。
　ラッキー。
　お昼休み、藍ちゃんは優しいから、あたしと一緒にお弁当を食べてくれる。
　匠くんごめんね。
「ねぇお昼休み、理数科に行こうよ」

藍ちゃん、またあたしとヤヨを仲直りさせるための話を始めたね。
「いいよ。ヤヨも困るよ」
「さんざん困らせといて、何を今さら」
「何にも言えないんだけど」
　お弁当を片づけるやいなや。
　藍は超強引だから、あたしの手を引いて、進むのは理数科の教室。
「やーーだーーー」
　半ば引きずられて、たどりついちゃった。
　ていうか。
　あたしたちの教室と理数科の教室こんなに近かった？
「あ。いたいた！」
「いい。本当に帰るから」
「ちょっと待ってよ！　芙祐!!」
　藍ちゃん声大きい。
　しかも、藍ちゃん力つよ。
　もしかして男子？　いや、嘘。でも、何この馬鹿力？
　腕、捕まえられて離れないんだけど。
「弥生！」
「手招きしなくていいから！」
　こっちを向いたヤヨと目が合った。
　ビクリ。
　1歩、後ずされ……ない。
　藍の馬鹿力は継続中。

ヤヨが近づく。
「何?」
　ヤヨはわざとらしく、藍だけに向かって喋ってる。
「芙祐の噂はもう聞いた?」
　藍ちゃん、噂ってなんのこと?
「知らね」
「嘘っぽいなぁ。まぁいいや。芙祐と慶太くん別れたよ。もう仲直りしたらどうかな……っていうか」
　藍ちゃんはあたしをヤヨの前に突き出した。
「芙祐は反省しなさい」
　え。
「弥生に謝りなよ。人として。そのために連れてきた」
　藍ちゃん。
　本当に。こういうところ尊敬してる。
「ヤヨ……」
　じゃないんだっけ。
　坂木くんって、呼ぶんだっけ。
　あたしはヤヨを見上げて、言葉を探す。
　だって、何から謝っていいかわかんない。
「藍。こいつと2人で話してもいい?」
　ヤヨはあたしに「こっち来い」って。

　非常階段の入り口の踊り場に、2人で出た。
「桜木慶太に振られたって?」
　ヤヨ、鼻で笑ったでしょ。今。

「うん」
「ざまあみろ」
「うるさい」
　ヤヨ、じゃなくて。
「さかきくん」
　って、なんか変なの。すっごい変なの。
「何？」
　あたしを見おろして、ヤヨはあたしのこと穴が開きそうなほど見つめてる。
「無視したり、怒ったりごめんなさい」
　頭を下げた。なるだけ深く。
「いいけど」
　って、優しいヤヨに、この言葉、何度聞いたかな。
「いつもいろいろなこと許してくれてありがとう」
「ん」
　って、そっぽむく。照れ隠し。
　まだ全然謝れてないのに、予鈴が鳴った。
　こんな謝罪じゃ藍ちゃんから合格点もらえない。
「もう行かないとだよね？」
「当たり前だろ」
　真面目。超真面目。
「謝れてないのに。全然」
「つうか謝んなくても……オアイコっていうか。俺も悪かった。ごめん」
　ごめんって、何がごめんなのかもよくわかんないくらい、

あたしが悪いんだけど。
　あ、ヤバい。あと1分で授業が始まる。
「芙祐のことは大嫌いになれないのかも」
　あ。今……芙祐って言ったよね。
「ヤヨのことも大嫌いになれないかも……」
「それはどーも」
「こちらこそ」
　チャイム鳴っちゃった。
「ヤヨ、初めてのさぼりでしょ」
「あーあ、責任とれよ」
「ふふ」
　なんか、楽しい。
　久しぶりのヤヨ。
　踊り場から景色を眺めながら笑ってたら、ちょっと蹴られた。
「普通科どうよ」
　ヤヨは遠くを見つめながらぽつりと呟く。
「みんな変わらないよ。でもヤヨが……」
　いないと……。
「俺が？」
「ヤヨが、いないと……数学の板書が本当に大変」
「あっそ」
　嘘だよ。拗ねないでよ。
「ヤヨがいないと、寂しいよ」
「そりゃどーも」

うん。
　ヤヨと簡単に話せないのって、すごく寂しいよ。
「芙祐は、あいつのこと引きずってんの？」
「そうだと思う」
「ふーん……」
　空っぽの心は、あの日から変わりないもん。

　ヤヨとは４限丸々話してた。
　たぶん仲直りできたと思う。
「ばいびー」
「じゃあな」
　相変わらず、ばいびーはしてくれないね。
　５、６限終わって、やっと放課後。
　でも、放課後の楽しみなんか、もう何にもないけどね。
　放課後、チャイムが鳴った直後。
　ピンポンパンポン……って、たまにしか鳴らない放送が入った。
「３−２土屋芙祐、３−Ｅ桜木慶太、至急生徒指導室に来なさい」
　心当たり、大あり。
　きっと頭髪検査後の呼び出しをバックレた件。
　でも放送での呼び出しより何より、慶太くんの名前に緊張が走った。
　……慶太くんもバックレたんだ。
　ほんと、気が合うよね。

あたしに会いたくなかったんだろうな。

　普通科からも英文科からも、保健室前の廊下を通ったほうが生徒指導室に近いし、普通はそっちを通る。
　……鉢合わせしたくない。
　いや、どうせ指導室で会うんだけど。
　うん、でも。遠回りに決めた。
　まっすぐ歩いて、ここを左……。
「わっ」
　曲がり角で、誰かにぶつかった。
「ごめんなさ……」
　顔を上げるまでもなく、あたしにはわかった。
　大好きな香水の匂いがしたから。
　……慶太くんだ。
　なんでやること一緒なんだろうね。
　慶太くんも遠回りしたんだ。
「大丈夫だった？　ごめんね」
　慶太くんの優しい声。
　あたし、途端に泣きそうになった。
　だから会いたくなかった。
「芙祐ちゃんも頭髪検査の呼び出し行かなかったの？」
　こくりとうなずくと、
「……行こ？　これも行かなかったらたぶんヤバいよ」
　行こっか、って手を差し出されるわけもない。
　慶太くんのその笑顔はもう、営業スマイルなんだよね？

「うん。行く」
　慶太くんはすたすたと、あたしの前を歩いていく。
　もう歩幅が合うこともない。
　あたしとよく似た髪色。大好きな大きい背中。
　にじむ。歪む。見えなくなった。
　ポタリ。廊下に１滴。
　涙って、いつになったら枯れるんだろう。
　手の甲(こう)で涙をぬぐいながら、踵を返した。
　教室に戻ろう。
　……どうなってもいいや。
　生徒指導室には行かない。

　翌日の朝ね、すっごく怒られたよ。
　服装より、バックレをさらにバックレたのが逆鱗に触れたよね。
　びっくりした。
「芙祐って本当に懲りないよね」
　はぁ、ってそんなに呆れないで。藍ちゃん。
「だいたい芙祐は」
　って、お説教。
　あたし一応さっきまで怒られてたんだけどな。
　誰か助けて。
「藍と芙祐〜！」
　って、ナイスタイミングでリコだ。
「よくやった、リコちゃん」

「ん〜？　なにがぁ？　てか聞いて！　彼氏できた〜！」
「オメデトウ」
　棒読みだけど祝っておいたよ。
　心広いでしょ、あたし。
「芙祐あれからなんもないの？」
「しぃっ！　今回の芙祐は本気で落ち込んでるから！」
　藍ちゃんがあたしを同情してくれた。
　うん、切ない。
「あ……。あはは〜！　ごめーんっ」
　テヘッて。
　かわいいから許すよ、リコちゃん。
　今回だけだからね。
「芙祐ね、珍しくまだ彼氏欲しくないんだって」
「嘘ー！　でも、慶太くんイケメンだったもんね〜わかるかもぉ」
「あたしの前でケとヤのつく人の名前出さないでね」
「リコならとりあえず弥生と付き合うかなぁ〜」
「リコちゃん、あたしの話聞いてた？」
　藍とリコ、あたしの恋バナから話を変えない。意地悪。
「てか、芙祐って慶太くんと付き合いながらも弥生のことが好きだったでしょ？」
　藍の言葉。
　スパンッて突き刺さったよ。
「好きなんかじゃ……」
「ないってはっきり言えるの？」

……わかんない。
　ヤヨは好きだよ。
　一緒にいてすっごい楽しいし。優しいし。
　なんかたまにドキドキさせられて、これ以上はヤバいってあたしだって思ったよ。
　だから、絶縁になったわけだし。
　でもそれって結局。
「２％くらい好きだったかもしれない」
「たった２％なの？」
　藍ちゃん、不服そう。
「たったじゃないよ。人間とチンパンジーのＤＮＡは２％しか違わないんだよ」
　すごいんだよ、２％って。
　これ山田情報だし。知らないけどね、本当かどうか。

　あっという間に６月。
　ひとり身にはもう慣れた。
　でもまだ恋人いらない。全然いらない。
　ていうか、恋するの超怖い。もう御免。
　受験勉強は最近始めたよ。さすがに。
　移動教室はほぼなくなって、普通科の棟から出ることはなくなった。
　ヤヨとは若干教室が近いから、たまに会う。
　会えば挨拶をかわせるようになった。
「おはよ。前の模試どうだった？」

ヤヨとは本当に、正常モード。
「いい感じだったよ。ヤヨは？」
「まぁまぁ。芙祐ってどこ受けんの？」
「内緒だよ」
「なんでだよ。……あ、看護？」
　看護、って。
「なんでわかったの？」
「お前、1年の時に言ってたじゃん」
　言ってたっけ？
　よく覚えてるね。
　さすが、お利口なワンちゃん。
「頑張って」
　ヤヨの手、ひらひら。ばいばい、だって。
　声に出してよね。
「ありがと、頑張るね」

　この前、学年集会があったばっかりなのに、もう6月の学年集会。
　内容は進路のことばっかり。
　学年主任のながーい話のあとは、頭髪検査。
　先月は慶太くんに会いたくなかったけど、今月は、少し会いたかった。
　生徒指導室についたら、校則違反の生徒は6人だけ。
　あれ……慶太くんがいない。
　なんでだろ。今日はお休みなのかな。

「聞いてるのか、土屋！」
「あ……はい」
　あ、もしかして、今回もバックレたのかな。
　慶太くんはまだ……っていうか、ずっとかもしれないけど、あたしに会いたくないんだろうな。
　ちくり。
　胸が痛いけど、すごく痛いけど、絆創膏(ばんそうこう)を貼っておけば治るかな、たぶん。
　慶太くんにバレなければ、英文科に姿だけ見に行ってもいいかな。

　藍ちゃんが匠くんに用事があるっていうから、あたしもついていった。
「匠ー」
　って、藍ちゃんが彼氏を呼ぶ。
　あたしはそのそばで、茶色い髪を探していたんだけど。
　……いない。
　慶太くん……あ、いた！
「……え」
　女子に囲まれてる慶太くんは、髪を黒く染めてた。
　黒い髪、初めて見た。
　ド真っ黒の海苔(のり)みたいな色じゃないよ。自然な黒。
　似合うし、カッコいいし、あたし、目を奪われた。
　藍ちゃんもこっそり目を奪われてた。
　でも、なんで？

「匠くん、なんで慶太くんって髪染めたの？」
「あー……。えっと、ほら。受験生だから？」
　藍ちゃんに蹴りを入れられるほど不自然な返し。
　ありがと、正直者の匠くん。
「頭髪検査であたしに会いたくなかったんだ？」
　語尾が震えた。涙、出そうになった。
「……うん。そう言ってた」
　そうだよね。
　別れたら最後っていうのが、あたしたちの共通の考えだったもんね。
「あたしもいい加減、前向こうかな」
　遠くで女の子に囲まれてる慶太くんは、普通に楽しそう。
　きっとあっさり次の恋する。
　前のあたしだってそうだった。
　あたしもできるよね。
　ていうか、そろそろ平常どおりのあたし、戻ってこい。
　パパ、言ってたし。
　『過去の男を引きずってる女に、いい男は寄ってこない』ってね。
「次こそ、相手を幸せにしてあげたいなぁ」
　匠くんは「なんのこと？」って首をかしげたけど、藍ちゃんは「そうだね」だって。
　次の恋、探すから。決めたから。
　慶太くんに振られて約２ヶ月。
　あたし、原点に戻ることにした。

キミへのラブレター

　夏が来た。
　ていうか６月の時点で夏だったけど。
　７月も後半の今、超夏。
　サッカー部と野球部の生徒は黒すぎて、髪と顔の境目がわからない。
　まぁそれは言いすぎだけど。
　この夏、原点に戻った。
　頭の中を真っ白にしてね。
　放課後は、勉強、勉強、また勉強。
　シャーペンを置いて、お茶をひとくち飲んだら。
「無人島に行くなら何を持っていく？」
　勉強に疲れ果てた藍ちゃん、口が暇だったんだと思う。
　超つまんないこと言い出した。
「うん。考えとくね」
　あたし、流しといた。
「お２人〜また勉強？　色気なーい！」
　リコはね、私立の推薦組。
　だからあんまり勉強してない。
　暇を持て余して、あたしに新しい出会いを提供してくれようとする。
　いらないって何度も言ってるのに。
　合コンとかデートとか、いろいろなお誘いもらったけど、

ぜーんぶ断った。
　あたし、今。1人しか見えてない。
　1人でいたら、答えはあっけないほど簡単に出た。
「芙祐、変わったね」
「なんか芙祐らしくなぁーい」
　藍は今のあたしを褒めてくれる。
　リコは今のあたしを、つまんないって言う。
「片思いってちょっと楽しいかも」
　カッコいい姿を見られたとか、そういうのじゃないけど。
　優しくされたとか、そういうのでもないけど。
　もっと地味。
　だけど楽しい。
　びっくりだけど、ちょっと視界に入るだけで幸せだったりする。
　その現象はね、あの人じゃないと起きないみたい。
　あれ？
　よく考えたら片思いって、初めての経験。
　好きな人のこと、みんなこんなふうに毎日想っているのかな。
　あたしはまだ、その人に想いは伝えてない。
　告白って怖くない？
　あたしは怖いよ。

　普通科の廊下の窓から、暇つぶしに遠くを見つめてたら。
「坂木！　模試、校内1位だったぞ！」

先生に褒められてるヤヨちゃん、発見。
　ヤバい、あたし、文系の校内２位。
　受験科目は違うけど、なんだか負けた気分。
　ヤヨはあたしを見つけて、近づく。
　何、その勝ち誇った顔。
「勝った」
「ヤヨ理系でしょ。偏差値は同じかも」
「見せて」
「……」
「やった！　初めて勝った」
　ヤヨうれしそうだけど、まぐれだよ、まぐれ。
「次は負けないし。ちょっと調子悪かっただけだし」
「桜木慶太に振られた時だったもんな」
　……知ってたか。
　また、ザマアミロ？　悪い猫ちゃん。
「……んだよ！　やめろ！」
　髪の毛ぺしゃんこの刑だよ。
「次は負けないよーだ」
　あっかんべぇ。
　たかが恋愛に、あたしの生活が左右されるなんて一生の不覚だよ。
　……なんて、たかがじゃなくなってきたけどね。

　受験勉強、本当に頑張んなきゃ。
　でも、教科書を開いてても、やっぱり、いつも好きな人

が浮かんでくる。
「大好き」って伝えたくなる。
でも、ちょっと慎重に行きたい。
なんだろう、これ。
「だからそれがいわゆる恋だって」
藍ちゃんにまた怒られた。
「芙祐ちゃん、また藍ちゃんに怒られてんの？」
「うん。アイノムチ」
「ははっ。仲良いね」
通りすがりの慶太くんとも、あたし、普通に話してる。
別れたらオシマイ、が鉄則のあたしたちだったはずなのにね。
慶太くんを見送ってから、藍が聞く。
「で、芙祐って、誰のこと好きなの？」
あたしの片思いの相手っていうのは、【名字に「木」のつく人】だよ。
「桜木？ 坂木？」
ナイショ。

「悠長にしてたら、取られるんじゃないのぉ？」
昼休みにリコちゃんが、目を細めて笑いながら恐ろしいこと言う。
一理ある。
……でも、まずテスト。
テスト終わったら告白するから。

だって振られたら、今まで見たこともない都市伝説のような点数を取りそうだもん、あたし。

　７月末のテスト。
前日に叩き込んで、なんとかなったよ。
だから、寝不足も解消した、夏休み前日。
終業式の日。
色気の欠片もないルーズリーフを半分に切った。
手紙書くんだ。
かわいい便箋よりこっちがいいの。
ルーズリーフには２行。
こんなところで、好きなんてこと言わないよ。
【ことり神社のお祭りに付き合ってほしいです。６時に駅前で待ってます。つちやふゆ】
　さ……さ。サ行。
　下駄箱。発見。
　金属でできた灰色の下駄箱の蓋、そーっと開けたら。
　ほら、やっぱり。
　学年でも１、２を争う人気者だもんね。
　かわいい封筒が２つ入ってた。
　ピンクと黄色。ハート柄とひよこ柄。
　ラブレター？
　３年だし、卒業する前にって、みんなアタックし始める時期だよね。
　ピンクでも黄色でもないルーズリーフ、逆に存在感ある

でしょ。
　ていうか、青春っぽいでしょ。
　ケーサンどおり。
　どうか読んでください。
　ナムナムしてから、下駄箱を閉めた。

　夏休みに入ってからというもの、藍とリコとママ以外から誰からも連絡が来なかった。
　こんなに寂しいスマホ、あたし知らない。
　あたしの部屋。
　ベッドに寝そべって、スマホをいじいじ……。
「……本当に来てくれるかな」
　って、ひとり言を言っちゃうくらい末期だよね。
　……あと1時間で、指定した時間。
　支度はとっくにすんでいる。
「……は」
　危ない、ため息つくところだった。
　今だけはゲン担ぎ。
　幸せが逃げることは何にもしない。

　18時ジャスト。
　約束の時間に、約束の場所で待つ。
　来てくれるかな。
　……来てくれなかったらどうしよう。
　来てくれなかったら、また次の作戦だから。

あたし、前を向いて生きるタイプだからね。
　だから、大丈夫。落ちつけ、あたし。
　ドキドキ、ドキドキ。心臓はせわしない。
　深呼吸したって、この緊張はほどけない。
「お待たせー」
　その声にいちいちドキッとする。
　また隣の人が、友達と合流したみたい。
　18時5分。
　スマホに連絡もない。なんにもない。
　もうダメかもしれない。
　被ってたキャスケット、被り直して地面を見つめた。
　……泣きそう。あたし。
　地面が歪んできた。

　スマホの時計、18時10分のお知らせ。
　帰ろうかな、って頭をよぎった時。
「駅前って、広いから……」
　大好きな声。
　思いっきり顔を上げたら、キャスケットが脱げて地面に転がった。
　立ち上がって、彼に近づく。
　髪がふわり、風に広がった。
「来てくれた……」
　目にたまった涙、必死で堪えたけど失敗。こぼれた。
「待たせてごめん」